L'héritage des Balfour

UNE FIÈRE ET PUISSANTE DYNASTIE…

Un véritable scandale a ébranlé le cœur de la sulfureuse famille Balfour.

Ses étincelantes et superbes héritières sont en disgrâce.

Bannies du manoir familial, elles sont envoyées auprès d'hommes puissants, irrésistibles, pour devenir leur femme, partager leur lit… et se laisser apprivoiser !

C'est le début d'une saga au parfum de scandale et au glamour éblouissant, dont la passion sortira gagnante…

L'HÉRITAGE DES BALFOUR

Après le scandale survenu lors de son centième bal de charité, la famille Balfour se retrouve dans la confusion la plus totale ! Son fier patriarche, Oscar Balfour, sait qu'il lui faut prendre une décision. Sa seule option est de couper ses filles de leur style de vie privilégié, et de les envoyer se confronter à la réalité.

Il décide alors de ranimer les règles ancestrales de la famille Balfour. Utilisant ses puissantes relations, il va placer chacune de ses filles dans une situation qui la mettra en face d'elle-même. Il est bien déterminé à ce qu'elles comprennent que l'argent ne fait pas le bonheur, mais que l'intégrité, la bienséance, la force, la confiance… et l'amour, sont plus importants que tout !

Chaque mois, votre collection Azur vous donne rendez-vous avec un nouveau volume passionnant de « L'héritage des Balfour ».

N'en manquez aucun !

Oh, Seigneur ! C'était de la pure folie. Elle risquait de se briser le cou. Et le sourire de l'inconnu n'était pas moins dangereux que cette montagne aux flancs neigeux, parsemés de rocs tranchants et glacés…

Mais précisément, dans la mesure où elle était toujours raisonnable et prudente, peut-être était-ce l'occasion de faire quelque chose de *fou*. Or, dans cette catégorie, il n'existait sans doute pas mieux que de suivre un Italien au charme ravageur, pour slalomer dans la lumière étincelante d'une montagne inondée de soleil.

Se laissant gagner par une étrange énergie, elle répliqua d'un ton déterminé :

— Oui, cela me convient parfaitement.

Il hocha la tête et s'élança, tandis qu'elle poussait farouchement sur ses bâtons pour le suivre.

Quelques secondes lui suffirent pour mesurer l'aisance de son compagnon. A côté de la fluidité de ses mouvements, de sa facilité à aborder n'importe quel accident de terrain, elle avait l'impression d'être dans la peau d'un chiot se dressant sur ses pattes pour la première fois de sa vie. A chaque instant, elle avait besoin de rassembler toute sa concentration, ne serait-ce que pour rester à la verticale… Tandis que lui slalomait entre les plaques verglacées, lui imposant le spectacle de son élégance à toute épreuve !

Néanmoins, ledit spectacle était plutôt agréable à observer. Il y avait même quelque chose de si fascinant à suivre les mouvements de cet homme, qu'elle ne s'aperçut pas qu'elle avait adopté son rythme. Les paysages défilaient avec une rapidité inouïe. Le vent lui fouettait les joues, elle se sentait devenir légère, elle aussi, faire corps avec ses skis. Elle savourait la descente vertigineuse, le plaisir de la vitesse et de cette intense bouffée d'oxygène.

— C'était génial ! s'exclama-t-elle, à bout de souffle, lorsqu'ils parvinrent au pied de la piste.

Encore grisée par cette aventure, elle rit et se tourna vers lui, tout en cherchant à reprendre sa respiration.

— Oui, c'était génial, admit-il en lui décochant un nouveau sourire ravageur.

Puis, il ôta ses lunettes, et Annie vit enfin ses yeux. Son regard était d'un brun si profond, si intense, qu'elle ne put le soutenir plus d'une fraction de seconde.

— On recommence ? suggéra-t-elle avec enthousiasme.

Elle avait envie de prolonger ce moment. Ses trois sœurs aînées étaient si belles qu'elle n'avait guère l'habitude d'éveiller l'intérêt d'un homme — encore moins d'un homme aussi séduisant que celui-ci !

— J'ai eu ma dose de ski pour la journée, répondit-il avec le même sourire, et je ne souhaite rien d'autre que de rentrer à mon chalet pour y boire un remontant.

— Oh…

La petite flamme qui s'était allumée dans l'extraordinaire regard bleu de la jeune femme venait de s'éteindre. La déception se lisait sur son visage.

— Voulez-vous vous joindre à moi ? proposa-t-il.

— Je… euh…

Elle battit des cils et le dévisagea avec stupeur avant d'ajouter :

— Eh bien, oui, volontiers.

— Je m'appelle Luca, annonça-t-il en ôtant son gant pour lui tendre la main.

Elle l'imita, et il serra sa main, chaude, tendre et minuscule dans la sienne.

— Annie, répondit-elle.

Depuis son arrivée à la station, deux jours plus tôt, Luca avait préféré rester dans la solitude la plus complète.

Mais il avait plusieurs fois aperçu sur les pistes ce groupe d'étudiants qui semblait tant s'amuser. Une personne en particulier avait retenu son attention : l'adorable jeune femme qui semblait toujours demeurer légèrement en retrait du groupe. Et comment diable aurait-on pu ne pas remarquer une silhouette pareille ! Sa combinaison d'un bleu profond mettait étonnamment en valeur ses courbes voluptueuses. Sa longue chevelure d'un châtain de miel se parait de mille éclats d'or sous le soleil, et il avait très vite été frappé par la pureté de son regard bleu.

Immédiatement, elle avait piqué sa curiosité. Il n'avait pu s'empêcher de la débarrasser mentalement de cette combinaison…

Même si ce fantasme devait en rester un, il allait au moins savourer un moment partagé avec elle, pour oublier un peu sa vie à Rome et le bannissement temporaire dont il faisait l'objet.

— Je vais vous attendre ici, si vous souhaitez aller dire à vos amis que vous m'accompagnez, dit-il en désignant d'un geste le groupe installé à la terrasse de la cafétéria.

— Euh… D'accord, répondit-elle en rougissant. C'est très aimable à vous.

Cela n'avait rien d'aimable, non, songea-t-il en plongeant son regard dans le sien. Sa proposition était même d'un cynisme absolu. Il voulait simplement avoir l'assurance de savourer toute une nuit avec cette charmante créature, sans être dérangé par les appels inquiets de ses amis.

Posant une main sur sa joue, il caressa sa peau, d'une douceur incomparable, et sentit aussitôt la jeune femme se tendre.

— Ne me faites pas trop attendre, murmura-t-il.

*
* *

Une nouvelle fois, Annie sentit une étrange onde électrique lui parcourir le dos. Décidément, cet homme était diabolique. Irrésistible. Capable d'exercer sur elle une force d'attraction inédite. Et pour une fois, au milieu de sa vie toujours marquée par la prudence, elle avait envie de se laisser entraîner, de ne surtout pas réfléchir.

Elle voulait se laisser séduire par le danger, foncer dans le tourbillon, glisser au gré de cette chute vertigineuse…

Et au diable les conséquences !

1.

Lac Garda, Italie, juin 2010

— Je serai de retour à la maison dans deux jours, mon chéri, répondit tendrement Annie, sans prêter la moindre attention à la beauté du paysage.

Son mobile en main, elle arpentait le hall de l'hôtel à grandes enjambées, dans la lumière des immenses baies vitrées donnant sur le lac et les montagnes.

Elle allait prendre l'ascenseur pour gagner la salle de conférences, au sous-sol.

— Je t'aime aussi, Oliver, je… Oups !

Heurtant un obstacle de plein fouet, elle s'interrompit et leva un regard éberlué sur ce qui s'était dressé sur son chemin.

A l'évidence, il s'agissait d'un large torse musclé, masculin, auquel elle venait de s'agripper machinalement, pour ne pas tomber.

— Oh, mon Dieu, je suis vraiment désolée, lança-t-elle très vite, riant déjà de sa distraction, avant de s'interrompre tout net en croisant le regard de l'homme.

Un regard brun, intense, unique. Aussi unique que ce visage aux traits séduisants et glacés…

Non, ce n'était pas possible !

Etait-ce bien… *Luca* ?

Annie sentit son cœur cesser de battre. Sa mémoire lui

infligeait un tourbillon d'images, tandis qu'elle restait là, pétrifiée sur place, à tenter de réconcilier ses souvenirs avec la réalité de l'instant présent. Etait-il *possible* que cet homme soit celui qu'elle avait rencontré quatre ans et demi plus tôt ?

En dehors du fait qu'il ne portait pas une combinaison de ski ou un jean et un pull de cachemire — les seules tenues dans lesquelles elle avait pu le voir, à l'époque — mais un costume hors de prix, une chemise de soie blanche et une cravate sombre, il ressemblait à s'y méprendre à l'homme avec qui elle avait passé une nuit torride.

Sauf que…

Le Luca d'autrefois avait des cheveux noirs un peu longs, tandis que cet homme arborait une coupe courte. Les yeux d'onyx étaient cependant les mêmes. Tout comme le nez, aquilin et racé, la bouche aux contours sensuels, et la mâchoire, large et fière.

C'était le même homme, oui ; mais en même temps, c'était quelqu'un de complètement différent. Car le Luca qu'elle avait rencontré sur une piste de ski italienne en 2006 irradiait de charme, peut-être parce qu'une lueur de défi brillait constamment dans son regard, et que la jeune femme de vingt ans, inexpérimentée, qu'elle était alors n'avait pas su y résister…

Quoi qu'il en soit, le regard de l'homme qui se tenait devant elle n'exprimait pas la moindre chaleur. Pire encore, à la manière dont il la dévisageait, il semblait évident *qu'il ne la reconnaissait pas le moins du monde* !

Reculant d'un pas, Annie ôta très vite ses mains du torse de l'homme. Un courant d'air glacé fusait dans ses veines, tandis qu'elle devait admettre que son amant italien, si passionné, n'avait pas conservé souvenir d'une nuit qui était pour sa part gravée à jamais dans sa mémoire.

— *Scuse, signore*, murmura-t-elle sèchement.

— De rien, mademoiselle, répondit-il d'un ton amusé.

Oh, Seigneur, cette voix ! Malgré sa froideur, elle était reconnaissable entre toutes… Annie entendait encore les murmures saccadés de Luca, quand il se penchait à son oreille et la faisait jouir une nouvelle fois, aux premières lueurs de l'aube…

C'était Luca.

Même si ce Luca était beaucoup plus froid, distant et étranger que dans son souvenir. A vingt-six ans, le jeune Luca qu'elle avait croisé se montrait d'un caractère sauvage et emporté dans tout ce qu'il faisait, que ce soit sur une piste de ski ou dans un lit. Son énergie et sa passion atteignaient une telle intensité qu'Annie en avait été contaminée.

Hélas, l'homme auquel elle faisait face semblait contrôler cette énergie, pour l'enfermer dans un carcan d'acier. Aucune émotion ne passait sur son visage, qui n'exprimait rien d'autre qu'une arrogance à toute épreuve. Cette rigidité la fit frissonner.

Mais, toujours stupéfaite, elle ne pouvait détacher son regard de celui de cette étrange apparition.

La patience de Luca, déjà très limitée en temps normal, était maintenant à bout : cette femme le fixait avec une insistance pénible. Et insultante, même ! Bizarre, aussi. On aurait dit qu'elle venait de tomber sur un fantôme… Ou sur son pire cauchemar. Or, il n'était pas vraiment habitué à ce genre de réaction de la part d'une femme !

Il afficha un sourire poli et poursuivit :

— Ou devrais-je dire *madame* ?

— Non, mademoiselle, confirma-t-elle, sans cesser de le dévisager.

Il fronça les sourcils. Quelque chose, dans cette voix,

lui semblait vaguement familier. Il détailla la tenue de la jeune femme. Vêtue d'un tailleur noir et d'un chemisier blanc, il ne faisait aucun doute qu'elle était ici pour le travail. Ses cheveux étaient tirés et attachés en chignon, son visage finement sculpté. C'était d'ailleurs un ravissant visage. Elle avait un petit nez, une bouche pleine et voluptueuse, un teint de porcelaine, et un regard aussi bleu que le lac Garda.

D'où lui venait soudain cette vague impression de familiarité ?

— Avons-nous déjà eu l'occasion de nous rencontrer, mademoiselle ? demanda-t-il lentement.

Elle battit plusieurs fois des cils avant de rire sèchement et de répondre :

— Je ne sais pas. A votre avis ?

— Je crois vous avoir posé la question le premier, non ? riposta-t-il avec irritation.

Annie serra les dents de colère. Oh, il pouvait continuer à poser toutes les questions qu'il voulait, cela lui était complètement égal ! Dire que durant toutes ces années, sa plus grande peur avait été de croiser de nouveau le chemin de cet homme, d'une manière ou d'une autre… Car elle savait qu'une telle rencontre ne pouvait que compliquer son existence.

Et aujourd'hui, à cause d'une malchance inouïe, la rencontre avec cet homme qui avait changé sa vie avait lieu, *et il ne se souvenait même pas d'elle* !

Sans doute aurait-elle dû se sentir soulagée, mais elle ne pouvait réprimer son amertume. Quatre ans et demi plus tôt, cet odieux personnage avait fait disparaître la Annie Balfour timide et réservée qu'elle était depuis toujours pour éveiller en elle une passion sauvage et dévastatrice ; mais il s'était aussitôt volatilisé ! Oui, il était sorti de sa vie comme un voleur, aussi vite qu'il y était entré.

Et aujourd'hui, il lui faisait comprendre que leur seule et unique nuit ne lui avait pas laissé le plus petit souvenir.

Quelle insupportable arrogance !

Elle redressa fièrement le menton et répliqua :

— Oh, mais je suis sûre que *l'un d'entre nous* s'en souviendrait, si c'était le cas, *signore.*

Luca fronça les sourcils. Les joues de la jeune femme s'étaient colorées, et il percevait très bien une sorte d'hostilité ou d'amertume, dans sa voix. Il était hélas habitué à reconnaître très vite ce genre de sentiments chez ceux qu'il croisait...

En tant qu'unique fils et héritier d'un très grand homme d'affaires italien, Luca avait eu la chance de vivre une enfance très privilégiée, dans l'opulence. Tous ses désirs étaient toujours comblés. Il en avait tout naturellement résulté chez lui une grande arrogance, et un surcroît de confiance en son propre jugement. Cet état de fait avait encore empiré lorsqu'il s'était vu confier, grâce à son talent, une position centrale dans l'entreprise de son père dès l'âge de dix-huit ans. Jusqu'au jour où les certitudes un peu trop excessives de Luca l'avaient conduit à courir un risque inconsidéré, et que l'empire de son père s'était effondré sous ses yeux...

Il sentit tous ses nerfs se tendre à ce souvenir. Il y avait quatre ans et demi qu'il consacrait entièrement et exclusivement son énergie à rebâtir cet empire, qu'il avait désormais hissé à des sommets jamais atteints. Durant tout ce temps, il n'y avait eu que bien peu de femmes dans sa vie, toutes congédiées après une nuit et aussitôt oubliées.

Etait-il possible que cette jeune femme en tailleur noir et au chignon châtain, qui ne portait aucun maquillage tant elle avait la peau diaphane, ait été l'une d'elles ?

Non. D'ordinaire, ses maîtresses étaient grandes et blondes, riches et oisives. Et pourtant, tandis qu'il continuait à la regarder, cette curieuse impression de familiarité ne le quittait pas.

— On dirait que vous avez oublié votre interlocuteur, observa-t-il en désignant son mobile.

Désarçonnée, Annie baissa les yeux sur son téléphone, qu'elle serrait toujours dans sa main droite.

Oliver !

Seigneur, elle avait complètement oublié qu'elle était en train de parler avec Oliver !

— Voulez-vous m'excuser ? balbutia-t-elle en s'éloignant de quelques pas, sans savoir si elle serait capable d'achever sa conversation si près de cet homme.

Elle raccrocha très vite, le cœur battant la chamade. A vrai dire, elle ne se sentirait probablement à son aise que lorsqu'elle aurait quitté la région du lac Garda — ou même l'Italie — et laissé derrière elle l'homme pour qui elle n'avait jamais été qu'une aventure d'un soir parmi des dizaines, voire des centaines d'autres.

D'ailleurs, sachant qu'elle avait rencontré Luca pour la première fois en Italie, elle aurait préféré s'épargner ce séminaire de management prévu pour trois jours, sur les rives du lac Garda : elle n'était venue que sur la demande instante de son père. Toujours en deuil après le décès de sa troisième épouse, Lillian, celui-ci se comportait désormais comme un véritable dictateur envers ses filles. Et ce depuis le scandale qui avait éclaté lors du centième bal de charité des Balfour, un mois auparavant…

Annie s'immobilisa en sentant des doigts se poser sur son bras. Les doigts de Luca. Des doigts longs, élégants, et pourtant puissants.

Des doigts qui avaient autrefois arpenté sa peau nue d'une manière unique, puisque aucun homme avant lui n'avait partagé cette intimité avec elle…

Et des doigts qui avaient visiblement conservé tout

leur pouvoir, à en juger par le courant électrique qui la parcourait en ce moment. Pour sa plus grande confusion, elle sentit ses seins se tendre sous son chemisier.

— Lâchez-moi immédiatement ! protesta-t-elle en lui adressant un regard assassin.

Luca ne put s'empêcher de sourire devant cette véhémence. Il n'aurait jamais soupçonné ce feu chez cette jeune femme, quelques secondes plus tôt. En revanche, il n'avait pas fait erreur : elle se comportait de manière très hostile à son égard.

Ignorant la demande de son interlocutrice, il demanda d'un ton nonchalant :

— Accepteriez-vous de dîner avec moi ce soir ?

Elle le contempla avec incrédulité durant quelques secondes.

— C… comment ? balbutia-elle enfin, tandis que le rouge lui montait aux joues.

Luca lui offrit son plus beau sourire et expliqua :

— Je vous demandais si vous accepteriez de dîner en ma compagnie ce soir. Pour m'excuser de vous avoir bousculée il y a un instant, ajouta-t-il, même s'ils savaient tous deux que c'était elle qui avait causé l'incident, parce qu'elle ne regardait pas devant elle.

— Je vous remercie de l'invitation, répondit-elle d'un ton soupçonneux. Mais c'est non.

Peu accoutumé à se faire éconduire par les femmes, Luca insista.

— Pourquoi pas ?

Le regard bleu méditerranéen avait viré au ciel d'orage quand elle rétorqua sèchement :

— Parce que je ne dîne pas avec de parfaits étrangers rencontrés dans un hall d'hôtel, voilà pourquoi ! Et maintenant, voudriez-vous, je vous prie, lâcher mon bras avant que j'appelle un membre du service de sécurité ?

Hum. L'idée était intéressante, songea Luca. Surtout

dans la mesure où cet établissement appartenait à sa famille !

— Ce ne sera pas nécessaire, répondit-il en desserrant son étreinte. L'invitation à dîner n'était qu'un geste d'excuse de ma part.

Annie avait été complètement prise de court par cette invitation. Mais maintenant qu'il avait lâché son bras, elle était la proie d'une sorte de… déception.

Oh non, non, non ! Elle ne pouvait tout de même pas être *encore* sensible au charme de cet individu ! Comment était-ce possible ?

Elle soupira. Avec trois sœurs aînées qui faisaient sans cesse, à tour de rôle, la une des tabloïds, elle avait toujours préféré rester dans l'ombre et à l'écart de toute forme de publicité associée au nom des Balfour. C'était précisément parce qu'il connaissait la nature réservée de sa fille qu'Oscar l'avait encouragée, plus de quatre ans plus tôt, à faire ce séjour de ski en Italie avec ses amis.

D'ailleurs, elle se rappelait avoir infiniment apprécié ces vacances loin des paparazzi. Loin de ses sœurs et de la compétition qui sévissait entre elles, elle s'était ainsi relaxée… Au point de ne pas se méfier du sourire irrésistible de Luca sur les pistes.

En d'autres circonstances, jamais elle n'aurait été capable de céder aussi facilement à un parfait inconnu. Mais non seulement il lui avait fait boire plusieurs vins chauds dès leur arrivée chez lui, mais il l'avait séduite en préparant lui-même le dîner… Et ils avaient fait l'amour durant des heures, devant un superbe feu de cheminée.

Pour elle, il s'agissait d'une occasion exceptionnelle. Et durant ces quelques jours bénis, elle avait eu le droit d'être simplement Annie. Luca aussi avait semblé très à l'aise…

Mais qui était-il, finalement ? Elle releva les yeux vers lui. Sa coupe de cheveux impeccable, ce costume sur-mesure, cette chemise de soie, ces chaussures de cuir qui valaient une fortune… A l'évidence, il était devenu quelqu'un d'important.

Mais il restait avant tout quelqu'un qu'elle devait éviter à tout prix !

2.

— Vous n'avez pas besoin de vous faire pardonner, dit-elle d'un ton crispé. Mais maintenant, si vous voulez m'excuser, il faut vraiment que j'y aille.

Luca la fixait avec intensité.

— J'ai tout de même l'impression que nous nous sommes déjà rencontrés, observa-t-il d'un air pensif.

— Dans une autre vie, peut-être.

— Peut-être, murmura-t-il.

Où et quand avait-il pu la voir ? Il y avait quelque chose, dans la forme arrondie de son menton, dans son regard si bleu, dans la douceur de sa voix…

En outre, il avait remarqué la manière dont elle avait réagi à son contact.

— Allez-vous séjourner plusieurs jours à l'hôtel ? s'enquit-il, incapable de réprimer sa curiosité.

— Seulement pour le week-end, répondit-elle, une note d'agacement dans la voix. Mais je suis ici pour le travail : je doute fort d'avoir du temps libre. Nous n'aurons probablement plus l'occasion de nous croiser.

Elle avait prononcé ces derniers mots avec fermeté. Il était clair qu'elle ne souhaitait pas du tout le revoir…

Intéressant.

Quatre ans plus tôt, en prenant la direction de l'entreprise familiale après la crise cardiaque de son père, Luca s'était accoutumé à voir les femmes lui courir après. Celles qui ne rêvaient pas de devenir son épouse auraient donné n'importe quoi pour partager son lit une nuit ou deux. C'était *toujours* ainsi. Cette femme, en revanche, n'aurait pu mieux lui signifier son peu de plaisir à se trouver en sa présence... Et naturellement, cette antipathie affichée ne faisait qu'accroître sa curiosité... Une curiosité qu'il saurait satisfaire, avec ou sans le consentement de la principale intéressée.

Il lui adressa un sourire déterminé.

— Je n'en serais pas si sûr, à votre place, répliqua-t-il.

Une nouvelle fois, elle parut très gênée. Soudain, elle baissa les yeux sur sa montre et lança :

— Cette discussion m'a déjà mise en retard pour ma conférence.

— Alors quelques minutes de plus ou de moins n'y changeront rien, n'est-ce pas ? lui opposa-t-il.

Elle secoua vivement la tête.

— Je regrette, mais je tiens beaucoup à la ponctualité.

Amusé par sa détermination, il haussa les épaules.

— Très bien. Au revoir, dans ce cas. Enfin, provisoirement.

— Nous ne nous reverrons pas, *signore*, insista-t-elle en lui décochant un nouveau regard noir.

— Oh, à mon avis, c'est le destin qui décide de ce genre de choses, ainsi que je l'ai appris, rétorqua-t-il.

— Je dois y aller : j'ai un coup de fil à passer avant la conférence, se défendit-elle.

A ces mots, Luca sentit toute sa bonne humeur s'envoler. N'était-elle pas en train de parler à un certain Oliver, au moment où elle lui avait foncé dedans ?

Elle ne portait pas d'alliance, mais elle avait déclaré à cet homme « qu'elle l'aimait aussi ».

— Je suis en retard à mon rendez-vous, déclara-t-il soudain, désireux de s'éclipser.

— Oh, je serais vraiment confuse de vous retenir, répliqua-t-elle, sarcastique.

Quelle insolence ! Cette femme avait besoin qu'un homme la prenne sur ses genoux pour lui donner une bonne fessée… Oui, songea-t-il en imaginant son postérieur entièrement nu, tandis qu'un scénario érotique s'immisçait dans son esprit et l'excitait bien davantage qu'il ne l'aurait voulu.

Bon sang, que lui arrivait-il ?

En fait, il y avait des années qu'il ne s'était pas laissé aller à fantasmer qu'il faisait l'amour à une femme. Il avait été trop occupé. Quatre longues années avaient été nécessaires pour reconstruire l'empire financier de son père, et il avait consacré chaque seconde au travail, ne permettant jamais à une femme d'empiéter sur ses projets.

Il n'allait tout de même pas commencer aujourd'hui…

— Mademoiselle, conclut-il en s'inclinant poliment, avant de tourner les talons.

Annie retint son souffle et regarda Luca s'éloigner, jusqu'à ce qu'il ait disparu du hall et de sa vue.

Puis, elle s'adossa au mur, poussa un profond soupir et s'autorisa enfin à accuser le choc de cette rencontre insensée.

Oh, Seigneur !

Que venait-il de se passer ? Et *pourquoi* était-ce arrivé ?

Nom d'un chien, elle le savait très bien pourquoi c'était arrivé ! Tout était la faute de son père, qui s'était mis dans la tête d'obliger ses filles à mener une vie moins matérialiste et à avoir un sens des responsabilités plus marqué. Ainsi Annie était-elle censée occuper une position plus importante dans la gestion de l'empire

Balfour. Et c'est pour cette raison qu'elle était venue suivre ce maudit séminaire de management en Italie !

Elle avait pourtant protesté : elle ne tenait guère à jouer un rôle décisif dans l'équipe managériale. Mais dans la mesure où elle était la seule, parmi les huit filles d'Oscar, à travailler pour lui, au siège social de l'entreprise, c'est-à-dire au cœur même de Balfour Manor, il ne s'était pas embarrassé de ses objections et l'avait tout simplement menacée de la renvoyer !

Annie savait très bien qu'il ne s'était pas exprimé à la légère. Oscar était visiblement convaincu qu'il était grand temps, pour toutes ses filles, de trouver leur voie dans la vie, de savoir ce qu'elles en attendaient. Quand bien même la majorité d'entre elles y étaient poussées contre leur volonté !

— Eh bien, *mademoiselle*, on dirait que vous avez finalement trouvé le temps de vous détendre un peu…

Annie tressaillit et reconnut immédiatement cette voix familière, aux accents sensuels. Seigneur, elle avait espéré trouver un peu de calme sur la plage privée de l'hôtel, mais visiblement, c'était trop demander ! Agacée, elle se redressa de sa serviette pour lever les yeux vers son interlocuteur.

En maillot de bain, il révélait la perfection de son corps d'athlète. Il était tout simplement sublime… Elle reconnaissait la fine toison noire sur son large torse, les muscles de son abdomen admirablement dessinés, et ses cuisses puissantes. Sa peau était cuivrée par le soleil, et elle eut l'impression qu'il était encore plus beau que quatre ans et demi plus tôt.

Troublée, elle s'assit de manière abrupte et ajusta ses lunettes noires sur son nez.

— Vous me suivez ? demanda-t-elle d'un ton peu amène.

Cette accusation n'eut d'autre effet que d'amuser Luca. Il avait perçu sa manière de rougir, et le durcissement de ses tétons sous le haut de son Bikini ne lui avait pas davantage échappé. Bon sang, dans ce minuscule maillot de bain, elle lui révélait toute la perfection de son corps, et il était furieux de se sentir réagir.

Quant à sa question… A la vérité, il n'aurait su dire ce qui l'avait poussé à aller nager avant son dernier rendez-vous de l'après-midi. Mais en repérant au loin la petite silhouette féminine sur la serviette et sa chevelure châtain clair, il n'avait pas résisté au désir de la rejoindre sur le sable chaud.

Pour recommencer à l'énerver ?

Peut-être. Mais le tailleur trop strict qu'elle portait ce matin ne lui rendait pas justice, et il avait eu *besoin* de voir son corps.

Elle avait la peau légèrement dorée. Ses seins ronds et généreux étaient galbés dans un soutien-gorge exquis, et son ventre plat s'offrait à son regard, ainsi que ses hanches voluptueuses et ses longues jambes fines.

— Supposons que ce soit le cas ? suggéra-t-il.

Bien que la demoiselle ait caché ses beaux yeux derrière de larges lunettes noires, il aperçut son froncement de sourcils.

— Alors je vais vraiment devoir signaler vos agissements à la direction, répondit-elle.

— Oh, je vous en prie, ne vous gênez pas, répliqua-t-il d'un ton léger en s'installant près d'elle, dans le sable.

Sa réaction pleine de désinvolture désespérait Annie. Visiblement, rien ne l'arrêterait. Or, elle aurait donné n'importe quoi pour qu'il ne lui inflige pas sa présence charismatique. Il était maintenant si près qu'elle percevait la chaleur de son corps. Si près qu'elle sentait les effluves de son parfum, masculins et ensorcelants. Si près qu'elle avait le plus grand mal à ne pas effleurer ses cuisses…

Avec effort, elle se serra sur sa serviette pour éviter tout accident.

— Mais qu'est-ce que vous voulez, *signore* ? s'enquit-elle, à bout de patience. Je suis sûre qu'il y a suffisamment de clientes qui ne demandent qu'à être abordées, dans cet hôtel. Quel besoin avez-vous de courir après la seule qui se désintéresse de vous ? C'est le goût du défi ?

Un large sourire se dessina sur les lèvres de Luca.

— Vous n'êtes pas un peu injuste, à l'égard des autres clientes ? opposa-t-il.

Elle haussa les épaules.

— Je préfère dire que je suis lucide.

— Ah. Et vous êtes toujours aussi franche ?

— Je crois oui, répondit-elle, méfiante.

— Hmm… Et je ne vous intéresse vraiment *pas du tout* ?

Cette fois, Annie sentit le rouge lui monter aux joues.

— Je ne m'intéresse pas aux hommes qui abandonnent leur femme et leurs enfants pour un week-end d'affaires dans un hôtel de luxe.

— Ah. Mais si l'homme n'a pas de femme ? Ni d'enfants ? insista-t-il.

Annie lui retourna un sourire sarcastique :

— C'est ce qu'ils disent tous, je crois.

— Ah oui ?

— Oui.

Et c'était aussi la raison pour laquelle elle préférait rester à Balfour Manor. Quand elle voyageait avec son père, elle souffrait toujours de la réputation sulfureuse de ses aînées, qui faisait de chaque fille de la famille Balfour une proie toute désignée pour les play-boys des palaces.

— Eh bien dans mon cas, il se trouve que c'est la vérité, opposa sèchement Luca.

Un jour, il devrait se marier et concevoir des héritiers. Il s'était fait à cette idée. Mais il saurait choisir le moment opportun.

— Je ne suis toujours pas intéressée, répliqua-t-elle froidement.

Il la considéra avec amusement et reprit :

— Non ?

— Non ! s'exclama-t-elle d'un ton exaspéré. Et je doute que vous ayez besoin de vous compliquer la vie à ce point pour trouver une femme désireuse de partager votre lit !

Comprenant qu'elle venait de commettre un impair, elle se leva et conclut très vite :

— Maintenant, je vous prie de m'excuser, mais j'ai envie d'aller nager.

Sans lui laisser le temps de répondre, elle se leva et se dirigea d'un pas vif vers le lac.

Luca se retourna pour admirer la démarche chaloupée de la jeune femme, la manière dont sa chevelure flottait au vent, son balancement de hanches, si gracile, des hanches très…

Sidéré, il se redressa vivement pour vérifier qu'il venait bien de repérer quelque chose d'inouï : un tatouage au bas de son dos, à gauche, juste au-dessus de sa chute de reins…

Il en eut le souffle coupé. En une seconde, une nuit entière de caresses délicieuses lui revint à la mémoire, et il revit ces seins opulents qui se dressaient sous ses doigts, ces hanches généreuses qui s'ouvraient à lui…

Sans hésiter, il courut à sa suite et lui agrippa le bras avant de s'écrier :

— Annie ?

Il avait relevé ses lunettes de soleil pour scruter son visage. Oh non, il n'avait jamais oublié son corps, ses courbes sensuelles, la douceur de sa peau de soie, la moiteur de leurs étreintes et la manière dont elle tremblait entre ses bras quand il la faisait jouir…

— Tu as nié que nous nous soyons déjà rencontrés ! s'exclama-t-il, outré, d'un ton accusateur.

La jeune femme lui répondit par un rire amer.

— Non, pas du tout, se défendit-elle. J'ai dit que si nous nous étions déjà rencontrés, *l'un de nous* s'en souviendrait sûrement. Et c'était le cas ! Même si, à l'évidence, ce n'était pas toi ! Puis-je savoir ce qui t'a rendu la mémoire ?

A ces mots, il sentit la culpabilité monter en lui. Il hésita, mais finit par avouer :

— Ton tatouage.

— Ma licorne ? s'étonna-t-elle.

Des années plus tôt, en entrant à Cambridge, elle s'était laissé convaincre d'imiter ses amis, qui allaient tous se faire tatouer. Elle regrettait d'ailleurs d'avoir aussi facilement cédé à un conformisme de groupe, mais au moins, elle avait opté pour quelque chose de plus discret et original, en choisissant cette petite licorne — quand la plupart des filles se faisaient tatouer des papillons ou des dauphins.

Incroyable. Il fallait donc que ce soit ce détail qui ait rappelé son existence à Luca !

— Pourquoi ne m'as-tu pas dit qui tu étais, tout à l'heure ? accusa Luca.

A ces mots, les yeux de la jeune femme lancèrent des éclairs.

— Et qu'est-ce que j'étais censée dire ? opposa-t-elle vivement. Puisqu'il était clair que tu m'avais complètement oubliée… Qu'est-ce que tu attendais ? « Salut, je suis une fille avec qui tu as passé une nuit dans une station de ski, il y a plus de quatre ans, avant de la laisser tomber le lendemain ? »

Oui, évidemment, tourné ainsi…

Il fronça les sourcils. Ces dernières années, il avait délibérément repoussé les souvenirs liés à la période de sa disgrâce, et aux conséquences terribles de ses erreurs sur la santé de son père. Mais en ce moment, il se rappelait distinctement chaque instant passé avec Annie.

— Il faut qu'on parle, dit-il.

— Je ne vois vraiment pas pourquoi ! rétorqua-t-elle, cinglante. Il n'y a rien à dire. Nous avons été amants. Moi, je m'en souvenais, toi pas ; fin de l'histoire. Et maintenant, lâche-moi. Je ne tiens pas à attirer davantage l'attention sur nous.

Sur ces mots, elle désigna quelques clients de l'hôtel qui semblaient suivre, de loin, leur étrange conversation.

— Tu n'as qu'à les ignorer, protesta-t-il.

Ce que pensaient les clients de l'hôtel était le cadet de ses soucis. En revanche, il voulait à tout prix comprendre pour quelle raison Annie avait préféré ne pas lui rappeler leur relation.

— C'est impossible ! s'exclama Annie avec colère.

Seigneur, ses jambes s'étaient mises à trembler. Elle ne parvenait pas à croire à ce qui était en train de se passer. *Pourquoi* Luca s'était-il subitement rappelé leur brève rencontre ? Oh, ç'aurait été tellement plus facile pour tout le monde si elle avait pu assister aux dernières conférences du séminaire sans le croiser de nouveau — avant de rentrer chez elle, en Angleterre, où elle était à l'abri.

Elle se serait bien passée de cette complication ! Une foule d'interrogations se bousculaient déjà dans l'esprit de Luca, elle le devinait. Et la manière satisfaite dont il la contemplait n'annonçait rien de bon.

Elle s'efforça de se détendre et d'afficher un sourire calme.

— Ecoute, Luca, nous n'allons pas en faire toute une histoire. Bien sûr, je n'étais guère flattée que tu ne te souviennes pas de moi, mais…

— Arrête, Annie !

— Arrêter quoi ? Je te remercie d'avoir envie de repenser au bon vieux temps, mais franchement, quel est l'intérêt de…

— Je t'ai dit d'arrêter ça ! répéta-t-il avec autorité. La jeune femme que j'ai connue, il y a quatre ans et demi…

— Et dont tu n'avais pas conservé le moindre souvenir, le coupa-t-elle, avait vingt ans à peine, et était d'une naïveté incroyable ! Mais j'ai grandi, Luca. En tout cas, suffisamment pour reconnaître un homme qui ne songe à rien d'autre que m'entraîner dans son lit.

Luca sentait ses nerfs se tendre dangereusement au fil de cet échange. Mais il n'était pas très fier de lui, en songeant à la manière dont elle avait pu « apprendre » ce genre de choses.

Bon sang, comment avait-il pu ne pas la reconnaître immédiatement ?

Oh, une part de lui l'avait fait. Une part de lui avait parfaitement identifié la voix sexy d'Annie… Mais c'était précisément cette part de lui qu'il refoulait depuis des années, ne lui permettant jamais de s'exprimer, la rejetant dans le caveau noir de l'époque à laquelle elle était associée.

Jusqu'à ce qu'il aperçoive ce tatouage en forme de licorne sur ses reins, et qu'un flot de souvenirs ne le submerge.

Bien sûr, quatre ans plus tôt, elle avait les cheveux plus longs — une cascade de boucles auburn qui lui tombait à mi-dos. Son corps était plus rond, aussi. Aujourd'hui, sa silhouette était athlétique, sensuelle, mais à l'époque, elle avait encore les formes rebondies d'une jeune femme à peine sortie de l'adolescence. C'était d'ailleurs pourquoi son visage avait changé aussi : ses pommettes étaient plus saillantes aujourd'hui, son menton mieux dessiné.

Néanmoins, il aurait dû reconnaître ce regard d'un bleu unique…

Ces longs cils noirs et ces lèvres pleines. La manière dont elle l'embrassait. La manière dont elle avait soudain, au cours de leur nuit…

— J'étais ton premier amant ! lança-t-il soudain, incapable de réprimer un accent de reproche.

Aussitôt, elle se mit à rougir et baissa la tête.

— Oui, euh… Eh bien, tout le monde commence un jour, non ?

Seigneur, il n'avait pas oublié ce « détail » non plus ! pensa-t-elle. Mais ce qu'il ignorait, c'était qu'il avait été le premier et le dernier. Alors, que dirait-il si elle lui annonçait que leur étreinte unique avait donné naissance à un enfant ? Que dirait-il, s'il savait qu'un petit garçon de près de quatre ans, qui avait les yeux bleus des Balfour et les cheveux noir de jais comme son père, attendait en ce moment le retour de sa maman ?

Oliver ressemblait tant à son père…

A Luca.

Annie réprima un frisson d'appréhension en relevant les yeux vers lui. Cet homme était dur. Et elle ne doutait pas qu'avec cette froideur et cette arrogance, il sache se montrer sans pitié, en certaines occasions.

Que ferait-elle si, en apprenant l'existence de son fils, il en réclamait la garde ?

Oh, non, non, jamais elle ne permettrait à cet homme de lui arracher son enfant ! Oui, mais… Oliver allait grandir et poser des questions au sujet de son père. Et que lui répondrait-elle, s'il apprenait un jour qu'elle avait eu l'occasion de revoir Luca, de lui parler, et qu'elle ne lui avait pas dit un mot sur son fils ?

Annie avait besoin de temps. De réflexion. Il fallait prendre en compte tous les éléments de la situation afin de déterminer ce qu'il convenait de faire.

— Tu veux bien me lâcher, Luca ? reprit-elle d'un ton las. Je crois que nous avons bien assez attiré l'attention sur nous pour aujourd'hui, et j'ai une autre conférence à suivre cet après-midi.

Luca lui décocha un regard indéchiffrable. Mais après avoir observé un long silence, il desserra son étreinte.

— Très bien. Mais nous allons dîner ensemble dans ma chambre ce soir, pour poursuivre cette conversation.

En fait, cela n'avait rien d'une invitation : c'était une sommation.

— Je crois que ce ne serait vraiment pas…

— Pense ce que tu veux, Annie, mais si tu veux que je te laisse partir, c'est le prix à payer.

— Le prix à…

Scandalisée, elle le foudroya du regard.

— Eh bien, tu t'es réellement métamorphosé en monstre d'arrogance depuis la dernière fois que nous nous sommes vus, Luca !

Il haussa les épaules et rétorqua :

— J'en ai peut-être toujours été un.

— Peut-être, répondit-elle.

— Allons, Annie, fais-moi plaisir…

— J'ai la nette impression que beaucoup trop de femmes ont répondu favorablement à cette demande ! protesta-t-elle.

Mais un séisme d'émotions contradictoires l'empêchait d'y voir clair. Que devait-elle faire ? Quel était l'intérêt d'Oliver, dans tout ça ? Que risquait-il d'arriver, si elle révélait à Luca qu'il avait un fils de trois ans et demi ?

Elle poussa un profond soupir.

— Très bien, Luca. C'est entendu. Je dînerai avec toi ce soir. Mais seulement à deux conditions.

— Je t'écoute, répondit-il, méfiant.

— La première, enchaîna-t-elle, c'est que je veux être libre de partir quand je le souhaiterai. La seconde, c'est que nous dînions non pas dans ta chambre, mais au restaurant de l'hôtel.

A ces mots, il lui retourna un sourire moqueur.

— Tu as peur de te retrouver seule avec moi, c'est ça ?

Même si elle n'avait aucune intention de le lui apprendre, elle n'avait pas simplement « peur », non. Elle était terrifiée. Pour Oliver, et aussi… pour elle.

Car même si elle parvenait à peine à y croire, il était évident que Luca lui faisait toujours *beaucoup* d'effet.

3.

— Vous êtes pile à l'heure, annonça une femme installée au bout de la rangée du premier rang, tandis qu'Annie prenait place près d'elle.

Elle avait encore le cœur battant après sa conversation avec Luca. Mais elle avait pu prendre une douche rapide, enfiler un tailleur gris et parvenir à temps dans la salle de conférences.

— Je ne sais pas pour vous, reprit sa voisine, mais en ce qui me concerne, c'est uniquement pour lui que je suis inscrite au séminaire !

Ignorant à qui ce « lui » se référait, Annie jeta un regard morne sur l'estrade. Elle doutait qu'il s'agît de l'homme de soixante ans installé sur l'un des fauteuils, Daniel Russell. Et de toute façon, elle se moquait bien de savoir qui allait parler d'ici quelques minutes. Elle ne songeait qu'à Oliver. Toutes ses pensées convergeaient dans sa direction. Comment aurait-il pu en être autrement, après la scène qui venait d'avoir lieu sur la plage ?

— Vous savez, il n'apparaît quasiment plus jamais en public, précisa encore la dame avec une fébrilité réjouie.

— Ah non ? répondit distraitement Annie en se demandant ce que diable Luca fabriquait dans cet hôtel du lac Garda, puisqu'il lui avait appris, quatre ans et demi plus tôt, qu'il vivait à Rome.

— Mesdames, et messieurs..., annonça Daniel

Russell en se levant, avant de prononcer l'habituel petit discours de présentation.

Annie l'écoutait à peine. Il fallait vraiment qu'elle ait joué de malchance, pour tomber précisément sur Luca ici, alors qu'elle ne mettait jamais les pieds en Italie ! Le sort s'acharnait contre elle, songea-t-elle avec humeur, avant de se reprocher pour la vingtième fois d'avoir accepté cette stupide invitation à dîner.

— ... votre accueil le plus chaleureux à Luca de Salvatore !

Machinalement, Annie releva la tête vers l'estrade. Son cœur cessa aussitôt de battre dans sa poitrine. Non, non, non, ce n'était pas possible...

Et pourtant si. C'était lui.

Luca !

Ou plutôt non, pas Luca, songea-t-elle, affolée, tandis que le sang pulsait lourdement à ses tempes. *Luca de Salvatore.*

L'homme qui lui avait fait passer cette nuit inoubliable... *Le père d'Oliver était Luca de Salvatore !*

Oh, Seigneur ! Dans le monde de la finance, personne, absolument personne ne pouvait ignorer ce nom. Le nom célébrissime de l'homme qui avait repris les rênes de l'entreprise en faillite de son père avant de réduire le nombre d'employés de manière drastique, puis d'exterminer tout concurrent se dressant sur son chemin, et de hisser ainsi au premier rang son empire, désormais d'envergure internationale.

Ainsi Luca de Salvatore était-il devenu l'un des entrepreneurs les plus puissants de la planète.

Jamais — au grand jamais — Annie n'aurait pu imaginer un instant que l'homme qu'Oscar Balfour admirait tant était *son* Luca !

En réalité, se reprit-elle avec amertume, il n'avait jamais été *son* Luca. Même durant cette nuit si particulière, quatre ans et demi plus tôt. De toute façon, vu la réputation de requin au sang-froid qu'il s'était taillée, Luca de Salvatore n'avait jamais dû appartenir à qui que ce soit non plus, encore moins à une femme.

Il fallait qu'elle sorte de cette salle. A tout prix. Mais alors qu'elle tentait de se redresser, elle sentit tout son corps refuser de lui obéir. Ses muscles s'étaient figés. Elle était littéralement clouée sur son siège, et une paire d'yeux noirs, triomphants, se plantait dans son regard.

Il l'avait repérée.

Visiblement très détendu, il souriait, comme s'il avait toujours su qu'il la retrouverait ici. Ce qui était fort compréhensible, maintenant qu'elle savait qui il était…

Ah, il s'était bien moqué d'elle.

Mortifiée, elle resta donc immobile. Elle n'avait plus qu'à attendre la fin de cette maudite conférence, tout en rongeant son frein et en ravalant sa honte.

Quel être machiavélique !

— Notre célèbre intervenant a exprimé le souhait de vous être présenté, Annie, déclara Daniel Russell en se dirigeant droit vers elle, dès la fin de la conférence, alors qu'elle s'apprêtait déjà à se faufiler au plus vite hors de la salle.

Durant plus d'une heure, elle avait dû écouter Luca parler. Cinquante minutes supplémentaires de tortures avaient suivi, quand le prestigieux propriétaire du Russell Hotel Group avait posé quelques questions à son « célèbre intervenant ». Il y avait donc près de deux heures qu'Annie était livrée à cette torture, et qu'elle attendait impatiemment le moment de retrouver l'intimité de sa chambre.

Mais le vieil entrepreneur aux cheveux gris était un

ami d'Oscar, et elle devait au moins se montrer polie avec lui.

— Quel plaisir de vous revoir, Daniel, répondit-elle en affichant un sourire forcé.

— Le plaisir est partagé, ma chère Annie, répondit-il, alors que Luca les rejoignait et que le piège se refermait donc inexorablement sur elle. Annie, permettez-moi de vous présenter Luca de Salvatore. Luca, voici l'un des membres les plus efficaces de l'équipe managériale de Balfour Enterprises, Annie Balfour.

A peine eut-il prononcé ces mots que le visage de Luca devint livide.

— *Balfour ?* répéta-t-il, un accent horrifié dans la voix.

Ça alors ! Luca n'en croyait pas ses oreilles. Annie était une Balfour ? Ou plus précisément, l'une des nombreuses filles d'Oscar Balfour, que l'on retrouvait sans cesse en couverture des tabloïds pour une histoire scandaleuse ou une autre…

— Monsieur de Salvatore, répondit-elle d'un ton moqueur, tandis qu'ils échangeaient une brève poignée de main.

Luca sentit aussitôt la colère sourdre en lui. S'armant de tout son calme, il se tourna vers leur intercesseur et déclara :

— Je ne vois aucune raison de vous retarder plus longtemps, Daniel.

Puis il lança un regard sans équivoque à Annie, afin qu'elle mesure l'intensité de son mécontentement.

— Non, bien sûr, répondit Daniel Russell en se tournant vers la jeune femme : Eh bien, c'était un grand plaisir de vous revoir, Annie. N'oubliez pas de transmettre mes amitiés à Oscar, et toute ma sympathie. J'ai été désolé d'apprendre la disparition de Lillian.

Annie hocha la tête en signe de gratitude.

— Le choc a été violent pour nous tous, admit-elle.

Daniel Russell semblait sur le point de prendre congé quand il se ravisa pour ajouter :

— Oh, et j'allais oublier : comment va Oliver ?

Si Luca n'avait pas été en train d'observer Annie si attentivement, il n'aurait peut-être pas perçu le léger tremblement qui agita son menton, et l'éclair de panique qui fusa dans son regard. Tout en prenant note de cette réaction, il se rappela qu'Oliver était l'homme avec lequel elle parlait au téléphone, ce matin.

Pourquoi cet embarras ?

Au téléphone, il l'avait entendue dire qu'elle l'aimait…

Ce qui était d'ailleurs étonnant, si l'on songeait que les filles Balfour n'étaient pas précisément réputées pour leur fidélité !

— Il va très bien, je vous remercie, répondit-elle très vite à l'intention de Daniel Russell.

Le vieil homme hocha la tête, un sourire attendri aux lèvres.

— Et dites-moi, quel âge a-t-il, maintenant ? Trois ans ? Quatre ?

— Trois, répondit Annie d'une voix presque inaudible.

— Qui est Oliver ? intervint aussitôt Luca.

Elle prit une longue inspiration avant de relever la tête. Elle voyait déjà une lueur accusatrice dans le regard de Luca. Le lieu était franchement mal choisi pour lui dire la vérité !

Mais déjà, Daniel Russell s'éloignait en leur adressant un dernier salut amical.

Le cœur battant, elle s'efforça de rassembler tout son calme et déclara d'une voix posée et fière :

— Oliver est mon fils.

— Ton…

Il la dévisagea d'un air stupéfait avant de froncer les sourcils pour la considérer plus froidement.

— Tu ne m'as jamais dit que tu étais mariée, observa-t-il d'un ton sec.

— Parce que je ne le suis pas, expliqua-t-elle, la gorge nouée.

— Ah. Tu l'as été ? insista-t-il.

— Non. Et toi, si je comprends bien, enchaîna-t-elle sur le même ton agressif, tu es Luca de Salvatore ?

Impossible de révéler ici à Luca qu'Oliver était son fils ! Cette idée la terrifiait depuis l'instant où ils s'étaient retrouvés, dans le hall de l'hôtel. En outre, de quel droit la jugeait-il ? Au nom de quoi la contemplait-il de haut, et lui infligeait-il cet interrogatoire plein de mépris et de sous-entendus ?

— Et toi, rétorqua-t-il, tu es Annie Balfour.

Elle acquiesça d'un hochement de tête.

— Oui. Mais si mes souvenirs sont bons, *monsieur de Salvatore*, aucun de nous n'était particulièrement désireux d'entrer dans des présentations plus formelles, il y a quatre ans et demi.

— Et de quoi s'agissait-il, finalement ? s'enquit-il d'un ton acide. Les sœurs Balfour avaient fait un pari ? C'était à la première qui perdrait sa virginité ?

Sur ces mots, il lui saisit le poignet pour l'empêcher de lui donner la gifle qu'il méritait.

— Je crois qu'il vaut mieux partir avant que tu ne causes un scandale, ajouta-t-il en la lâchant.

— *Moi*, je cause un scandale ? rétorqua-t-elle, réprimant le sanglot qui l'étranglait, sans savoir si ses larmes étaient de colère ou de désespoir.

— Disons avant que l'un de nous deux ne fasse une scène, nuança-t-il alors, tout en lui prenant plus doucement le bras pour la guider hors de la salle.

Annie Balfour.

C'était le comble.

La femme à qui il avait follement fait l'amour durant

toute la nuit, quatre ans et demi plus tôt, était l'une des tristement célèbres sœurs Balfour. Et elle avait un fils. Un fils né hors mariage, ainsi qu'elle l'admettait elle-même !

— Où m'entraînes-tu ? s'enquit-elle au moment où il l'invitait à s'engouffrer dans un ascenseur.

— Nous allons dans ma suite. N'essaie pas de t'y opposer, Annie, lança-t-il en guise d'avertissement, serrant toujours son bras. Tu n'obtiendrais rien d'autre qu'un hématome.

— Oh, vraiment ? répliqua-t-elle avec défi. Des menaces ?

Luca baissa les yeux sur ce visage d'une beauté extraordinaire. En cet instant, ses grands yeux bleus le fixaient avec mépris, tandis que sa bouche pulpeuse s'arrondissait en moue rebelle.

La jeune femme était si menue, à côté de lui… Du haut de son mètre quatre-vingt-cinq, il lui rendait bien vingt centimètres. Jamais il n'aurait osé lui faire le moindre mal. Mais elle avait besoin d'être impressionnée, s'il voulait avoir cette discussion avec elle.

— J'assume ce que je dis, déclara-t-il d'un ton ferme.

— Alors tant pis pour toi, murmura-t-elle avant de lui tirer violemment le bras par lequel il la tenait, et de lui faire un croc-en-jambe pour le renverser.

Mais il n'allait pas la laisser parvenir à ses fins. Elle avait peut-être suivi des cours de self-defence, mais hélas pour elle, il avait passé une bonne partie de sa jeunesse dans les quartiers sombres de Rome, à chercher la bagarre et apprendre les mouvements de karaté les plus efficaces.

Avec aisance, il glissa donc son bras libre autour de la taille d'Annie et la fit à son tour basculer avant de la plaquer au sol.

Sans trop savoir comment, Annie se retrouva donc

allongée sur le dos, Luca à genoux au-dessus d'elle, le regard arrimé au sien, la chevauchant et lui enserrant les poignets. Une lueur moqueuse brillait dans ses yeux noirs, et il la défiait d'un sourire victorieux.

— Je ne crois pas me rappeler que tu aimais tant les préliminaires à la dure, il y a quatre ans et demi, observa-t-il. Mais si tes goûts ont changé et que tu en redemandes, je suis tout prêt à…

— Il y a encore quelques heures, tu ne te souvenais pas de moi *du tout* ! riposta-t-elle vivement.

Elle cherchait à se libérer de son emprise, mais plus elle luttait, et plus les puissantes cuisses de Luca se pressaient contre les siennes.

En fait, il lui faisait même très clairement sentir son excitation, malgré l'épaisseur du tissu de son luxueux pantalon. Or, pour son horreur, elle réalisait que son propre corps réagissait aussi : une boule de chaleur se formait au creux de son ventre, et ses seins se tendaient sous son chemisier.

— Mais maintenant, *si*, murmura-t-il d'une voix rauque.

Une flamme dangereuse brûlait dans ses yeux d'onyx.

— Trop tard, souffla Annie en luttant contre les ondes de désir qui la traversaient. Tu devrais savoir que les filles Balfour ne donnent jamais de seconde chance à un homme.

— Ah ? Je vais le prendre comme un défi, rétorqua-t-il en se penchant encore inexorablement sur elle.

Leurs visages n'étaient plus séparés que de quelques centimètres. Elle percevait sa chaleur, et la proximité de sa bouche si sensuelle la troublait au plus haut point.

Lentement, il se pencha sur son cou. Incapable d'esquisser un mouvement, elle retint son souffle. A la seconde où la bouche de Luca effleura le creux de sa gorge, là où sa peau était très fine, d'une sensibilité extrême, elle sentit une myriade de sensations exquises monter en elle, en même temps qu'un frisson d'effroi. Seigneur, elle était en train de perdre tout contrôle, et il n'était pas question de compromettre la vie qu'elle s'était bâtie avec…

— Mais enfin, nous sommes dans un ascenseur ! s'écria-t-elle en rassemblant toutes ses forces pour le repousser.

Luca se recula pour lui décocher un coup d'œil moqueur.

— Justement, répondit-il. La peur d'être découvert ne peut que décupler le plaisir, tu ne crois pas ?

— Certainement pas pour moi ! s'écria-t-elle en se redressant le plus vite possible, encore secouée de frissons.

Elle chancelait. Son cœur battait si fort qu'elle sentait son sang pulser dans ses veines. La chaleur lui donnait des vertiges. Oh, elle allait se trouver mal…

— C'est ce que je constate, en effet, reprit-il, sans la quitter des yeux.

Mais Annie savait où elle avait puisé la force d'interrompre ce début d'étreinte. Oliver. Son fils était ce qu'elle avait de plus précieux au monde.

Et à l'instant où Luca se penchait encore vers elle, elle se détourna et affirma avec force :

— Ça suffit, maintenant, Luca ! Franchement, j'aimerais mieux ne plus jamais te croiser.

— C'est ce que tu dis, rétorqua-t-il avec arrogance, mais ton corps exprime tout autre chose.

Il désigna son chemisier défait. Elle baissa les yeux et, horrifiée, constata que ses tétons durcis étaient parfaitement visibles sous la fine toile de coton !

Furieuse et humiliée, elle pointa un index accusateur vers lui.

— Espèce de sa…

— Chut ! la coupa-t-il. Allons, Annie… Tu ne vas tout

de même pas te laisser aller à jurer. On t'a certainement appris qu'une vraie lady ne se comporte pas ainsi.

— Je devais être absente de l'école ce jour-là, répliqua-t-elle.

Un sourire méprisant se dessina sur le visage de son compagnon.

— Tes sœurs aussi, probablement.

— Comment oses-tu ? s'offusqua-t-elle. Et…

Elle jeta un coup d'œil effaré autour d'elle.

— Et comment se fait-il que cet ascenseur n'ait pas bougé d'un millimètre depuis que nous sommes montés dedans ? ajouta-t-elle.

Il haussa les épaules.

— C'est un ascenseur privé, expliqua-t-il. Il appartient à la suite du penthouse et monte directement au dernier étage.

— Et naturellement, tu t'es payé cette suite, observa-t-elle en lui décochant un regard écœuré.

— En tant que propriétaire de l'hôtel, c'est assez logique, répondit-il.

Propriétaire de l'hôtel ? Seigneur, elle était passée pour la dernière des imbéciles en le menaçant de le dénoncer à la direction !

— Je suis le seul à posséder le code pour faire fonctionner cet ascenseur, reprit-il, un accent de triomphe dans la voix.

Annie déglutit péniblement. Même sans ce détail, elle aurait été bien obligée d'admettre qu'il avait fait d'elle sa prisonnière.

4.

— Alors, enchaîna Luca, laquelle des nombreuses femmes d'Oscar est ta mère ?

Annie serra les dents. La suffisance qu'il affichait en prononçant ces mots était tout simplement intolérable.

— *Nombreuses ?* répéta-t-elle avec véhémence. Il n'y en a eu que trois ! Et pour ta gouverne, ma mère est Tilly, la deuxième épouse d'Oscar.

— Tiens donc. C'est bien celle qui vit toujours à Balfour Manor avec lui, n'est-ce pas ?

L'insolence de ces sous-entendus frisait l'insulte.

— Elle ne vit pas *avec* Oscar, opposa-t-elle d'un ton glacial.

Comme il la fixait sans répondre, attendant visiblement une explication, elle poursuivit :

— Si tu tiens tant à le savoir, ma mère a eu le cœur brisé à la mort de son second mari. Mon père lui a proposé de venir vivre dans la maison de gardien du domaine.

— Je vois. C'est vraiment remarquable, de rester… *ami* avec son ex-femme.

— En effet, répliqua-t-elle en le toisant droit dans les yeux.

— Mais sa troisième épouse, Lillian, reprit Luca. N'a-t-elle pas élevé quelques objections, devant cet arrangement ?

Cette fois, Annie observa un bref silence avant de demander, méfiante :

— Quel *arrangement* ?

— Oh, je t'en prie, Anna. Nous sommes des adultes.

Seigneur, osait-il insinuer que… ? Elle balbutia d'une voix blanche :

— Tu… tu te permets de prétendre… de supposer…

Il affichait une mine faussement contrite.

— Dans ces conditions, on peut comprendre que les filles d'Oscar aient été amenées à avoir un comportement… *incontrôlable*, soupira-t-il. L'exemple que leur a donné leur père ne leur a guère permis d'agir autrement.

Annie n'en croyait pas ses oreilles. Il était en train de prétendre que sa mère aurait été la maîtresse d'Oscar durant son mariage avec Lillian ? C'était inouï ! Et de quel droit se permettait-il de juger ses sœurs ?

— Tu ne sais strictement rien de ma famille ! se défendit-elle. Mais je vais t'apprendre quelque chose au sujet de mes parents : ma mère et mon père sont les meilleurs amis du monde. Et ma mère est la plus tendre, la plus gentille, la plus adorable des…

— Je crois que tu te défends un peu trop, la coupa Luca, une note de triomphe dans la voix.

Il était incapable de réprimer sa colère, qu'il avait conscience de traduire en agressivité gratuite. Mais il ne se remettait toujours pas de sa découverte. Cette femme était une Balfour. *Une Balfour !* Ce nom était synonyme de scandale. Certes, il était également associé au glamour, à la beauté et à l'élégance…

Mais surtout au scandale !

Or, il y avait maintenant des années qu'il s'efforçait lui-même de rester le plus loin possible de ce genre de publicité — et que les filles Balfour semblaient tout particulièrement apprécier.

A la vérité, il n'avait jamais pris la peine de lire un

article consacré à ces jeunes héritières dotées d'une fortune inversement proportionnelle à leur bon sens… Des jeunes femmes qui se comportaient d'une manière similaire à la sienne, encore quatre ans et demi plus tôt ? se demanda-t-il. Sans doute. Néanmoins, il se rappelait avoir aperçu des gros titres sur un scandale un peu plus important que d'ordinaire, un mois auparavant. Quelque chose au sujet de l'une des filles déclarée illégitime…

Mais Oscar Balfour avait tant de filles que Luca était même étonné qu'on puisse se soucier qu'elles soient légitimes ou pas !

Il ne put réprimer une moue suffisante et lança :

— Tu préfères peut-être ne pas dîner avec moi ce soir, finalement ?

Annie n'avait pas besoin de chercher très loin la raison de ce mépris souverain. Non seulement ses sœurs ne rataient jamais une occasion de provoquer un esclandre, mais elle était elle-même la mère célibataire d'un petit garçon de trois ans.

Maintenant, devait-elle révéler à Luca qu'il était le père de cet enfant… Elle ne savait toujours pas quelle décision prendre. Et en découvrant le dégoût qu'exprimait le visage de Luca, elle en était de moins en moins sûre !

— Tiens donc, dit-elle d'un ton railleur, luttant contre la profonde humiliation qui la gagnait. Tu as soudain décidé que nous n'avons rien à nous dire ?

— En tout cas, rien qui ne nous mènerait à un nouvel échange d'insultes, répliqua-t-il froidement.

Annie était mortifiée. Elle se sentit blêmir, mais reprit courageusement :

— Personne ne t'a jamais enseigné que les apparences sont parfois trompeuses, Luca ? s'enquit-elle. Il me semble me rappeler qu'un certain Luca de Salvatore manquait singulièrement de discrétion, dans sa jeunesse !

— Fort heureusement, j'ai grandi, rétorqua-t-il.

— Eh bien, tu n'es pas le seul. Maintenant, veux-tu ouvrir la porte de cet ascenseur, je te prie ? J'ai du travail. Je dois faxer certains documents à mon père dès ce soir.

Luca lui décocha un regard indéchiffrable et observa un bref silence. Enfin, il répondit d'un ton plus apaisé :

— Ainsi, tu travailles pour ton père ?

Elle haussa les épaules.

— Oui. Et je déteste ça, ne put-elle s'empêcher de préciser.

— Alors, pourquoi le fais-tu ?

— Pourquoi ? Parce qu'en dépit de ce que tu t'imagines, j'ai besoin d'un travail pour nous permettre de vivre, mon fils et moi. Et il se trouve que travailler pour mon père me permet de ne pas trop bouleverser la vie d'Oliver.

Regrettant déjà de lui avoir fourni toutes ces informations strictement personnelles, elle ajouta sur-le-champ :

— Et toi ? Tu travailles bien aussi pour ton père, que je sache ?

— Pas exactement. Mon père a pris sa retraite il y a quelques années, me laissant la conduite de son entreprise.

— Ah, merveilleux, releva-t-elle, sarcastique. Je vois que le népotisme se porte comme un charme, en Italie !

— En Angleterre aussi, me semble-t-il !

Annie se mordit la lèvre avant de prendre une longue inspiration. Ce petit jeu devenait insupportable. Il fallait y mettre fin.

— Ecoute, Luca, tu as raison, soupira-t-elle. Cette conversation ne mène à rien, sinon à échanger des insultes.

Luca hocha la tête et appuya sur le bouton pour ouvrir les portes. A la vérité, même si cette discussion était extrêmement déplaisante, il aurait voulu la poursuivre. Autrement, bien sûr…

Mais le désir fou qui l'avait possédé quelques minutes

plus tôt le plongeait dans la terreur. Il ne se reconnaissait plus. Jamais il n'avait perdu à ce point le contrôle de son propre corps. Et l'idée que cette métamorphose soit provoquée par une Balfour décuplait sa rage.

D'où venaient cette impétuosité et cette bêtise, chez un homme qui conservait *toujours* son sang-froid ?

Il n'en avait aucune idée. Mais il se promit que cette femme l'avait amené à se comporter comme un idiot pour la première et la dernière fois de sa vie.

— Ton fils a trois ans et huit mois !

Annie sentit tout son sang refluer de son visage. Un coup autoritaire avait été frappé à sa porte, et elle venait d'ouvrir. Sur le seuil se tenait un Luca ivre de colère, pointant un index accusateur vers elle.

La panique fusa dans ses veines. Oh, Seigneur, quelle idiote ! Pourquoi n'avait-elle pas jeté un coup d'œil par le judas ? Pourquoi être partie du principe que cela ne pouvait être que le room service ? Pourquoi avoir eu l'inconscience d'ouvrir…

Oh, après tout, quelle importance, maintenant ? Tremblante, elle soutint le regard de Luca de Salvatore. Le mépris le plus pur dont il la gratifiait un moment plus tôt avait fait place à une expression horrifiée. Une énergie inquiétante émanait de sa haute stature, et en un éclair, elle songea que si elle ne lui avait pas ouvert, il aurait probablement réduit la porte en miettes.

— Est-ce bien cela ? hurla-t-il avant de lui saisir le poignet pour entrer dans la pièce, claquer la porte derrière eux et l'entraîner vers le petit salon de la suite.

Annie déglutit avec peine. Rien d'étonnant à ce qu'il ait réussi à faire ce petit calcul très simple… qui menait à une conclusion évidente.

D'un geste vif, elle lui reprit sa main et frotta ses

paumes l'une contre l'autre. Puis, elle s'éclaircit la gorge et déclara :

— Je t'ai dit que j'avais un fils qui s'appelle Oliver…

— Et tu t'es bien gardée de mentionner qu'il est également *mon* fils ! la coupa-t-il en la foudroyant du regard.

Le cœur battant à se rompre, Annie répondit d'une voix blanche :

— J'imagine que c'est une déduction assez déplaisante à formuler, étant donné tout le bien que tu penses des effroyables sœurs Balfour ?

Luca serra les poings, résistant au désir d'attraper la jeune femme par les épaules et de la secouer jusqu'à ce qu'elle avoue la vérité.

— Pas depuis que j'ai vu la preuve de mes propres yeux, dit-il.

— La preuve ? répéta-t-elle très bas, visiblement désarçonnée. Qu'est-ce que tu racontes ? Tu n'as pas pu voir Oliver depuis que nous nous sommes quittés, tout à l'heure !

— Bien sûr que non, rétorqua-t-il, exaspéré. Mais j'ai prié mon assistant de me faxer, depuis Rome, des photographies de l'enfant, issues d'archives de journaux.

Jamais il n'oublierait le choc qui avait été le sien à l'instant où il avait posé les yeux sur ce petit visage. Le visage d'un petit garçon aux cheveux noirs et bouclés, comme lui à son âge, et au regard d'un bleu aussi intense que celui de sa mère. Un visage qui était la copie conforme du sien !

Le doute n'était pas permis. De sa liaison fugitive avec cette femme, quatre ans et demi plus tôt, était né un enfant. *Son* fils !

Un fils dont il avait ignoré l'existence jusqu'à ce jour, puisque Annie Balfour la lui avait délibérément cachée !

Mais il ne lui permettrait pas de se moquer de lui plus longtemps. Elle allait tout lui confesser séance tenante.

— Pourquoi as-tu fait ça ? demanda-t-elle, le souffle court.

— Simple curiosité, répliqua-t-il. Mais je n'aurais jamais pu deviner que cette curiosité allait me révéler toute l'étendue de ta perfidie ! Parce qu'à moins que tu n'aies eu une relation avec mon frère, il est rigoureusement impossible que cet enfant ne soit pas le mien !

— Ton… ton frère ? répéta-t-elle d'un ton perdu. Mais je…

— Je n'ai pas de frère ! explosa-t-il. Et je te conseille de cesser de me mentir dès maintenant, Annie.

A sa surprise, la jeune femme leva fièrement le menton et soutint son regard menaçant.

— Je ne suis pas l'une de vos employées, *monsieur de Salvatore*. En conséquence, je n'ai aucun ordre à recevoir de votre part !

— Tu vas en entendre une vraie litanie si tu ne cesses pas ce petit jeu immédiatement ! Admets que je suis le père de cet enfant ! tonna-t-il en posant les mains sur ses épaules.

— Lâche-moi tout de suite, Luca !

Il obtempéra avec une moue écœurée et lança :

— Volontiers. Tu me dégoûtes.

Il y avait un moment qu'Annie faisait de son mieux pour retenir les sanglots qui l'étranglaient. Cette scène la bouleversait, et la peur de ce qui risquait d'arriver ajoutait encore à son malaise.

— Qu'est-ce que tu veux, Luca ? demanda-t-elle, sachant que ses forces allaient l'abandonner.

— La vérité, bien sûr !

— Pourquoi ? reprit-elle avec méfiance.

— Pour entamer une procédure afin de récupérer mon fils, évidemment !

Cette fois, elle sentit ses jambes chanceler. Durant une fraction de seconde, des papillons se mirent à danser dans son champ de vision. Mais il n'était pas question de s'évanouir dans un moment aussi crucial !

— Le récupérer ? articula-t-elle lentement, sans le quitter des yeux.

Une lueur menaçante se mit à briller dans le regard froid et calculateur de son compagnon.

— C'est un Salvatore. Par conséquent…

— C'est un Balfour ! protesta-t-elle.

Luca rit avec mépris.

— Oh oui, le monde entier connaît l'immense prestige de ce nom !

— Pas moins prestigieux que ce qui a conduit les Salvatore à la faillite, et la façon dont tu as bâti la gloire nouvelle de ta famille sur des cendres encore chaudes ! se défendit-elle.

A ces mots, Luca sentit tous ses muscles se tendre.

— Que sais-tu de « ce qui a conduit » les Salvatore à la faillite ? demanda-t-il d'un ton glacial.

— Oh, je t'en prie ! J'ai été la première victime du comportement irresponsable que tu avais à l'époque ! N'oublie pas que je suis la jeune femme que tu as draguée sur une piste de ski pour passer la nuit avec elle et l'abandonner le lendemain !

Raide comme un piquet, affichant une expression de dédain absolu, il opposa avec superbe :

— Il me paraît clair que nous n'avons rien en commun, sinon notre fils, qui…

— Oliver est *mon* fils ! protesta-t-elle vivement.

— Et le mien ! tonna-t-il. Une évidence qu'une simple prise de sang transformera en preuve incontestable devant n'importe quel tribunal, si tu t'entêtes à te montrer aussi inflexible !

Car en dépit des pitoyables circonvolutions d'Annie

Balfour pour éluder ses questions, Luca était certain de ne pas se tromper. Sur une douzaine de photographies, il avait pu longuement contempler les traits de ce petit garçon. C'était son fils. Un fils qui prendrait un jour sa place à la tête de l'empire Salvatore.

— Il a déjà un nom ! cria-t-elle, comme si elle devinait chacune de ses pensées.

Luca hocha la tête.

— En effet. Oliver de Salvatore.

— Certainement pas !

— Oh que si !

Elle ferma brièvement les yeux et se tut un instant, pour déclarer plus calmement :

— Il se trouve que j'avais pris la décision de tout te dire au sujet d'Oliver, et…

— Tiens donc ! Et quand ?

— Au dîner, ce soir, répondit-elle sèchement.

— Va savoir pour quelle raison il m'est très difficile de te croire…

— Peut-être parce que tu es parti du principe que tu n'en avais aucune envie ! rétorqua-t-elle.

Oh, Seigneur… C'était cent fois pire que tout ce qu'elle aurait pu imaginer !

Voyons, aucune raison de paniquer. Sa famille au grand complet la soutiendrait si une bataille juridique devait éclater concernant la garde d'Oliver. Certes, sa famille était originale, mais le clan se rassemblait toujours dans les épreuves.

Néanmoins, la partic adverse ne manquerait pas non plus de défenseurs. Luca n'aurait aucune difficulté à prouver qu'il était bien le père d'Oliver, et dès lors, sa demande d'exercer un droit parental deviendrait légitime.

Les lèvres sèches, Annie demanda très bas :

— Que veux-tu de moi ?

— De *toi* ? Rien ! Ce que je veux, c'est mon fils, gronda-t-il.

— Tu veux un droit de visite ? La garde alternée ? *Quoi ?* Dis-moi ce que tu veux ! lança-t-elle, à bout de nerfs.

5.

— A ton avis, qu'est-ce que je veux, Annie ?

Son intonation était devenue dangereusement mielleuse. Il plongea son regard dans le sien, tout en faisant un pas vers elle. Annie frémit. Elle ne connaissait que trop bien ce procédé. Luca était prêt à *tout* pour obtenir ce qu'il voulait. Y compris à user de l'extraordinaire pouvoir de séduction qu'il exerçait sur elle. Oh, elle aurait tant voulu être immunisée contre lui ! Malheureusement, en présence de cet homme qui avait tout d'un prédateur, elle perdait ses moyens.

Mieux valait ne pas oublier qui il était. Impitoyable dans le monde des affaires, il l'était forcément dans ses relations personnelles.

Le piège se refermait sur elle.

Hélas, que diable pouvait-elle lui dire ? Elle n'en avait aucune idée. Et il était beaucoup, *beaucoup* trop tard pour fuir cette confrontation ! Si elle lui avait parlé d'Oliver un peu plus tôt dans la journée, les choses se seraient sans doute passées autrement. Mais elle n'allait pas se mettre à dresser la liste de tous les « si » qui lui auraient permis d'échapper à cette pénible scène.

Son cœur battait très fort. La perspective de se battre contre Luca de Salvatore pour conserver la garde de son fils était effroyable. Il lui fallait à tout prix épargner une telle horreur à son petit garçon…

— Ecoute, Luca, je ferai tout ce que tu voudras, lâcha-t-elle. J'accepterai tout ce que tu me demanderas, à condition de ne pas infliger une bataille juridique à Oliver.

Luca haussa les sourcils. Sans même s'en rendre compte, la jeune femme avait fini par admettre, à demi-mot, qu'Oliver était aussi son fils. Et peu à peu, des sentiments inconnus se faisaient jour en lui, même s'il se sentait encore dominé par la rage et le choc de sa découverte.

— Ah oui ? Que crois-tu avoir que je souhaiterais tant obtenir ? demanda-t-il d'un ton délibérément ambigu.

— Cesse de jouer ce petit jeu ! Donne-moi ton prix et finissons-en !

— Tu penses vraiment que tout le monde a ce genre de réflexe, n'est-ce pas ? répliqua-t-il, dédaigneux.

Cette réplique affola davantage Annie. Son père devait être convaincu que le monde fonctionnait de cette manière, oui. Lorsqu'elle lui avait avoué sa grossesse, quelques années plus tôt, il s'était d'abord mis dans une colère inouïe. Il avait exigé de connaître le nom du fautif pour le sommer de régulariser la situation ou de disparaître à jamais… Mais Annie étant incapable de lui fournir cette information, il avait dû se résoudre à renoncer à cette méthode. Néanmoins, Oscar Balfour avait souvent répété que si le père de l'enfant réapparaissait, il se chargerait de le faire taire avec un chèque à plusieurs zéros…

Aujourd'hui, Oscar était fou d'Oliver. Le petit était devenu son plus grand bonheur. La prunelle de ses yeux. Hélas… Il était loin de s'imaginer que le père de son petit-fils adoré était Luca de Salvatore : un homme assez riche et puissant pour hausser les épaules devant n'importe quel chiffre. Et déterminé à avoir ce qu'il voulait.

— Disons que j'ai souvent constaté que chacun désire quelque chose, oui, répondit-elle avec prudence.

— Et tu es prête à me donner ce que je veux ? Quoi que ce soit ?

Pourquoi la regardait-il avec cette intensité ? Elle en avait la chair de poule. Mais force était de constater qu'elle n'avait plus le choix.

— Ce que tu voudras, confirma-t-elle, tremblante.

Il observa un long silence, sans cesser de la fixer droit dans les yeux.

— Tu aimes Oliver à ce point ? demanda-t-il enfin.

— Evidemment, que je l'aime à ce point, répliqua-t-elle en fronçant les sourcils. Pour quel genre de mère me prends-tu ?

— Je n'ai aucune idée du genre de mère que tu peux être, rétorqua-t-il. Mais en ce moment, il me paraît évident que tu es une mère absente.

Outrée, elle croisa les bras sur sa poitrine.

— Oliver est à la maison, avec ma mère qui…

— C'est-à-dire la deuxième épouse d'Oscar, celle qui vit près de lui, dans la maison de gardien de Balfour Manor ? coupa-t-il.

— *Je* vis dans cette maison aussi ! Avec Oliver !

— Serait-ce la raison pour laquelle Oscar Balfour tient son petit-fils caché ? Un petit-fils né hors des liens du mariage ?

— C'est ridicule ! s'exclama-t-elle. Mon père ne cache pas du tout Oliver ! Mais c'est son unique petit-fils, et il lui voue une adoration sans borne.

— A tel point que cet enfant ne quitte pour ainsi dire jamais Balfour Manor, commenta-t-il d'un ton railleur.

La famille Balfour, dont les moindres faits et gestes étaient retranscrits dans la presse, avait diablement réussi à entourer ce petit garçon de mystère, songea-t-il en se rappelant les maigres indices que son assistant avait pu lui fournir. Oliver apparaissait une fois par an sur la grande photo de famille, mais aucune légende ne figurait pour l'identifier. Il se trouvait dans les bras de sa mère, ce qui permettait seulement de déduire de ces clichés qu'il était le fils d'Annie.

— Alors ? reprit-il avec impatience. Pourquoi ?

— Eh bien, parce que, euh…

Seigneur, comment pouvait-elle expliquer à cet homme si dur, si implacable, ce que signifiait d'être un Balfour ? Ne comprenait-il pas l'enfer qu'il y avait à être sans cesse pris en chasse par des paparazzi ? Il se moquait bien de savoir pourquoi elle entendait préserver Oliver du sort qu'elle subissait elle-même sans pouvoir y échapper !

Epuisée, elle s'écroula dans un fauteuil et soupira :

— C'est un petit garçon, Luca. Un petit garçon qui mérite, au même titre que n'importe quel autre, de profiter de son enfance en toute quiétude, plutôt que d'être harcelé par des photographes.

— Il y a des moyens d'éviter de se retrouver sans cesse à la une des…

— Ah oui ? explosa-t-elle. Je veux bien que tu me donnes la formule magique, puisque tu es si fort !

— Avoir des sœurs un peu moins exhibitionnistes t'aurait déjà facilité la tâche.

— Je ne suis pas responsable du comportement de mes sœurs ! lança-t-elle en rougissant.

— Non, tu es seulement responsable de tes actes. Alors dis-moi, Annie Balfour, à ton avis : que peux-tu m'offrir pour compenser le fait que je n'aurai pas connu mon fils durant les premières années de sa vie ?

Evidemment, tourné ainsi…

Soudain, elle se sentit profondément abattue. Non, elle ne voyait aucun moyen de dédommager un père qui avait été privé de son fils durant tout ce temps. Rien de ce qu'elle pourrait dire, rien de ce qu'elle pourrait faire ne le permettrait.

— Je ne savais pas qui tu étais, dit-elle dans un souffle, à bout d'arguments. Comment aurais-je pu t'annoncer que j'étais enceinte ?

A ces mots, Luca sentit sa colère fléchir. C'était hélas la stricte vérité. Mais il ne pouvait pas la laisser s'en tirer à si bon compte.

— As-tu seulement essayé de me retrouver ? se défendit-il. Quand tu as su que tu étais enceinte, es-tu retournée à la station de ski pour effectuer les recherches nécessaires qui t'auraient permis de m'identifier ?

— Non, répondit-elle froidement.

— Pourquoi cela ? insista-t-il. Tu ne vas pas me dire qu'avec les ressources dont disposent les Balfour, c'était un problème pour toi !

Elle le contemplait avec calme et résignation, sans paraître impressionnée par ses accusations.

— A quoi cela aurait-il servi ? reprit-elle. C'était une histoire d'une nuit, Luca. Je n'imagine pas un seul homme au monde se réjouissant d'apprendre qu'une liaison passagère a donné naissance à un enfant.

— Il se tient pourtant devant toi ! Et il a maintenant sous les yeux une certaine *Annie Balfour*, ajouta-t-il, méprisant, détachant chaque syllabe de son nom avec une moue peu flatteuse.

— Cesse d'user de ce ton insultant lorsque tu prononces le nom de ma famille ! protesta-t-elle.

— Je viens seulement d'apprendre qui tu étais, expliqua-t-il en haussant les épaules.

— Peut-être, mais nous savons parfaitement, toi et moi, que ce n'est pas pour cette raison que tu prononces mon nom de cette manière.

— Ah bon ?

— Oui ! conclut-elle avant de pousser un profond soupir et de conclure : Je suis désolée, d'accord ?

Il haussa les sourcils.

— Désolée de m'avoir retrouvé, et que j'aie découvert la vérité ?

— Oui. Non. Ecoute, tu as peut-être raison. J'aurais peut-être dû tenter de te chercher, il y a quatre ans. Mais je… Je regrette que tu n'aies pas connu l'existence d'Oliver avant aujourd'hui. Je ne sais pas quoi dire d'autre. Je suis désolée, voilà.

Luca s'efforçait de sonder les profondeurs de son regard bleu. Elle était très pâle. Ses lèvres, si pleines et sensuelles, s'agitaient d'un imperceptible tremblement.

Sans doute était-elle sincère : elle regrettait de l'avoir privé de son fils durant presque quatre ans. Mais l'histoire n'allait certainement pas s'arrêter là.

— Très bien, lança-t-il. Tu as réservé ta place dans un avion pour Londres lundi matin, et…

— Comment le sais-tu ? l'interrompit-elle, un accent de panique dans la voix.

— Parce qu'avant de venir te trouver ici, j'ai mené ma petite enquête, expliqua-t-il d'un ton glacial.

Annie déglutit avec peine.

— Tu… tu as fait *quoi* ?

— La méthode n'a aucune importance, reprit-il avec un geste agacé. Tu vas annuler ta réservation, et…

— Non ! Je…

— Nous pourrions beaucoup mieux nous entendre si tu cessais de pinailler sur chaque détail !

— Mon retour en Angleterre lundi matin n'est pas un détail, protesta-t-elle.

Elle avait besoin de rentrer chez elle. D'être enfin à la maison. De prendre son petit garçon dans ses bras et de ne plus le lâcher !

— Qui t'a dit que tu ne rentrais pas en Angleterre ? lança-t-il. Nous prendrons l'avion ensemble dès demain.

A ces mots, Annie sentit un vertige la gagner.

— Quoi ? Toi et moi ? Demain ?

— J'ai fait en sorte que le jet de ma compagnie soit prêt dès l'aurore, confirma-t-il. Dès notre arrivée, nous irons ensemble à Balfour Manor, et tu me présenteras à mon fils.

Annie sentit sa gorge se nouer, à tel point qu'elle ne pouvait articuler un son. Luca s'exprimait avec une telle autorité que c'était comme si elle n'avait pas son mot à dire… Mais il était impensable qu'il l'accompagne à Balfour Manor !

— *Te présenter à lui* ? parvint-elle enfin à répliquer. En tant que quoi ?

— Son père, bien sûr.

— Je ne peux pas faire ça, Luca ! s'écria-t-elle. Tu te rends compte à quel point ce serait violent pour lui ? Oliver est beaucoup trop petit pour comprendre ! Il ne…

— Et à qui la faute ?

— A moi, reconnut-elle en levant les yeux au ciel. Mais si tu viens en Angleterre avec moi demain et que je te présente à Oliver comme son père, il ne comprendra jamais que tu repartes quelques jours après !

Luca lui retourna un regard froid.

— Je ne me rappelle pas avoir dit cela.

— Mais c'est pourtant ce que tu ferais ! s'exclama-t-elle. Tu vis à Rome. Et Oliver vit avec moi, en Angleterre.

— C'est vrai…

— Que veux-tu dire ? demanda-t-elle, angoissée par son attitude un peu trop décontractée.

— Eh bien, je crois que j'ai pris ma décision au sujet de ce que je veux pour ne pas te prendre Oliver, dit-il tranquillement.

Annie n'aimait pas du tout l'expression satisfaite qu'il affichait. Oh, non, cela n'annonçait rien de bon !

— Je t'écoute, murmura-t-elle en s'efforçant de ne pas trahir sa frayeur.

— La solution est évidente, quand on examine la situation avec un peu de recul, déclara-t-il en s'installant face à elle, sur un fauteuil.

— Evidente ? répéta-t-elle, sur ses gardes.

— Oui, confirma-t-il d'un ton arrogant. La seule manière de faire en sorte qu'Oliver reste avec toi tout en connaissant son père, c'est de nous marier.

Luca de Salvatore avait la réputation d'être un adversaire redoutable dans les affaires, se rappela Annie. Mais alors, était-il devenu complètement fou ?

Probablement. A moins qu'il n'essaie de jouer avec ses nerfs. Ou qu'il s'amuse encore à ses dépens avec une énième provocation… Mais elle était lasse des stratégies de cet homme.

— Non, répliqua-t-elle d'un ton glacial.

— Que veux-tu dire par « non » ? demanda-t-il en haussant les sourcils. Tu penses que ce n'est pas la seule solution ? Ou bien tu refuses de m'épouser ?

— Les deux.

Il soupira et reprit :

— Il y a encore cinq minutes, tu t'engageais à me donner tout ce que je voudrais, Annie.

— *Si* tu me laissais continuer à élever mon fils en Angleterre, lui rappela-t-elle.

— Nous savons tous les deux que c'est impossible, rétorqua-t-il en la fixant droit dans les yeux.

— Tu…

Elle ne put aller plus loin. Cette fois, c'était certain : il était bel et bien devenu fou !

— Tu ne trouves pas que le mariage est une solution pour le moins radicale ? demanda-t-elle d'un ton railleur.

— Tu en as une autre à proposer, peut-être ?

C'était sans doute cette froideur, ce calme machiavélique, qui mettait Annie dans tous ses états. Elle aurait mille fois préféré que Luca se remette à l'accuser, pour au moins pouvoir tenter de le raisonner.

Elle soupira, exaspéré, et observa :

— Je n'ai que vingt-quatre ans, Luca. Je n'ai pas du tout l'intention de faire un mariage de convenance.

— Ne va pas croire que cette idée me séduise, répondit-il.

— Eh bien, dans ce cas…

— Es-tu prête à renoncer à ton fils en ma faveur ? coupa-t-il.

— Non ! s'écria-t-elle. Bien sûr que non !

— Alors l'affaire est réglée, déclara-t-il. Une fois en Angleterre, je veillerai à tous les arrangements pour notre mariage et…

— L'affaire est loin d'être réglée ! s'offusqua-t-elle en se levant d'un bond. Et j'ai du mal à croire que tu sois prêt à ternir le superbe nom des Salvatore par une alliance avec les infâmes Balfour !

— Je reconnais que ce n'est pas mon premier choix, répliqua-t-il avec sarcasme, mais…

— Ni même le dernier, ne put-elle s'empêcher d'ajouter avec aigreur.

— Si. C'est le dernier, affirma-t-il. Et de toute façon, je ne doute pas que ce mariage puisse tout de même nous offrir quelques compensations.

Annie aurait voulu refouler la chaleur qui lui montait aux joues, aussi lança-t-elle avec aplomb :

— Il est hors de question que je me marie avec un homme que je n'aime pas, et encore moins que je partage son lit !

Luca leva un regard appréciateur vers la jeune femme qui se tenait debout devant lui. Elle était d'une beauté incontestable. En outre, il avait appris par le biais de son assistant qu'elle avait suivi un cursus de littérature et passé haut la main tous les diplômes justifiant sa position dans l'entreprise de son père. En dépit du scandale qui entourait toujours sa famille, elle avait donc fait ses preuves…

Annie Balfour ne pouvait être décrite comme une « fille à papa ».

En cet instant, son superbe regard bleu lançait des éclairs. Sa bouche avait pris une teinte rouge sang.

Oui, elle était sublime…

— Un mariage qui ne se fonde pas sur l'amour est voué à l'échec, enchaîna-t-elle avec force. L'un de nous finirait forcément par rencontrer quelqu'un, et il ne resterait pas d'autre issue que le divorce.

Ce discours le surprit.

— On dirait que tu parles en connaissance de cause, observa-t-il.

Annie se raidit. Le commentaire de Luca était odieux. Mais comment aurait-il pu deviner ce qu'elle avait vécu ? Bien sûr qu'elle parlait en connaissance de cause ! Ses parents ne s'étaient mariés que parce que son père s'était retrouvé veuf avec trois filles en bas âge. Tilly était alors la nourrice de ces enfants. Et parce qu'elle respectait Oscar, parce qu'elle vouait un amour sans borne aux trois fillettes, elle avait accepté de l'épouser. Le mariage était destiné à offrir une stabilité aux enfants.

Seulement, quelques années plus tard, le temps de donner à son tour trois filles à Oscar, Tilly avait rencontré Victor.

La séparation s'était déroulée à l'amiable. D'ailleurs, Oscar et Tilly étaient demeurés très bons amis. Mais le traumatisme n'en avait pas été moins grand pour Annie. Etrangement, songea-t-elle, elle n'avait jamais voulu le reconnaître avant ce soir.

Quoi qu'il en soit, elle n'infligerait jamais à Oliver une souffrance pareille.

— Je suppose que la séparation de tes parents a quelque chose à voir là-dedans ? reprit-il.

Il lisait donc dans ses pensées... *Tout*, chez cet homme, était exaspérant. Sa froideur, son mépris, son arrogance inouïe, et même la manière dont il la regardait ! Elle ne supportait plus de croiser ce regard brun et intense, qui semblait sonder jusqu'à son âme.

Mais le plus insupportable restait de constater qu'en dépit de tout cela, elle éprouvait encore une attirance inexplicable pour Luca. Une attirance strictement physique. Par conséquent, une attirance qu'elle pouvait réprimer, dompter, se dit-elle avec force ; car jamais elle n'accepterait d'épouser Luca de Salvatore !

— Même quand le divorce se passe bien, c'est très difficile pour les enfants, répondit-elle.

— Alors nous pouvons nous féliciter que ma famille n'ait jamais cru au divorce, répliqua-t-il.

— Je ne crois pas davantage aux mariages de convenance, lança-t-elle sèchement. Je te l'ai déjà dit, Luca : ça ne peut mener qu'à l'échec !

6.

Comment pouvaient-ils encore discuter de cette « solution » absurde ? Elle ne l'épouserait à aucun prix !

Epuisée, elle laissa Luca dans le salon et se dirigea vers le petit balcon de sa suite pour humer les parfums du parc en fleur.

Hélas, il était difficile de songer à autre chose qu'à Oliver et aux menaces de Luca. Elle n'oubliait pas non plus les récents événements survenus dans sa famille. A la suite du scandale qui avait éclaté, au centième bal de charité des Balfour, Oscar avait fait la leçon à ses filles, leur annonçant la nécessité et l'urgence de redonner toute sa dignité à leur patronyme. Afin de briser la rébellion de ses filles, il était allé déterrer un vieux manuscrit dans les archives de la famille, une sorte de code d'honneur ayant cours autrefois chez les Balfour, et dont Annie avait notamment retenu l'une des règles cardinales : « Un Balfour ne doit avoir peur de rien. Affronter ses peurs avec courage permet d'avancer dans la découverte de soi-même. »

Eh bien, retrouver le père d'Oliver avait été précisément sa plus grande peur !

Et en l'occurrence, cette peur lui avait déjà réservé une belle surprise, en lui révélant à quel point elle avait été affectée, dans son enfance, par le divorce de ses parents. Mais puisqu'elle en avait désormais conscience, elle n'en était que plus déterminée à préserver son fils du même sort.

— Peut-être, entendit-elle soudain.

Stupéfaite, elle se retourna et trouva Luca posté près d'elle. *Beaucoup trop près…* Comme elle serrait la balustrade des deux mains, il s'approcha encore et se pencha sur son cou.

— Tes cheveux ont le parfum des fleurs et du soleil, murmura-t-il.

Malgré elle, elle sentit un frisson brûlant la parcourir.

— Je crois que ce sont les fleurs du jardin, que tu sens, opposa-t-elle d'une voix mal assurée.

Luca rit doucement.

— Allons, Annie, ne me refuse pas un brin de poésie…

C'était pourtant ce qu'elle *devait* faire. Car une boule de feu se formait déjà dans son ventre, tandis qu'un vertige ensorcelant gagnait ses sens. Une nouvelle fois, le corps de Luca se pressait contre le sien, et elle percevait distinctement l'ardeur de son désir.

— Qu'est-ce que tu fais, Luca ? murmura-t-elle, paniquée, comme il posait les lèvres sur sa nuque.

— Je te démontre l'existence des compensations que j'évoquais tout à l'heure.

Annie ferma les yeux. Durant ces trois dernières années, elle était sortie avec des hommes. Mais après le premier dîner, voire le second, jamais elle n'avait donné suite.

— Je ne t'épouserai pas, Luca, parvint-elle à articuler malgré son trouble.

— Non ? chuchota-t-il, glissant une main sur ses seins, pour effleurer délicatement leurs contours.

— Non, assura-t-elle en s'efforçant d'ignorer la myriade de sensations exquises qui fusait en elle.

— Voyons, Annie… Tu as donc oublié comment

c'était, entre nous ? Tu as oublié que nous ne parvenions pas à nous rassasier l'un de l'autre ?

Oh, elle aurait bien voulu être capable de l'oublier ! Et c'était même la force de ces souvenirs qui lui avait interdit d'apprécier les moments passés avec d'autres hommes, par la suite. Quelque chose, en elle, semblait « savoir » que jamais elle ne retrouverait l'intensité de ses étreintes avec Luca dans les bras d'un autre.

Seulement… le Luca auquel elle avait si souvent songé durant quatre ans était une pure fiction. Il n'existait pas. Aujourd'hui, il n'y avait plus que l'odieux Luca de Salvatore.

— Tu veux parler des moments qui ont précédé ta disparition brutale, je suppose ? répliqua-t-elle.

— J'avais une excellente raison, et je…

— Oh, je n'en doute pas ! coupa-t-elle, cinglante.

Elle se revoyait, seule et humiliée, devant cette table de restaurant où elle attendait celui qui lui avait fait perdre sa virginité. Seigneur, elle n'avait que vingt ans…

— *Moi*, je me suis souvenue de cette nuit, rappela-t-elle. Et toi pas !

Luca se raidit. Bon sang, il avait tellement honte… Pouvait-elle seulement imaginer à quel point il s'en voulait de ne pas avoir immédiatement reconnu cette somptueuse créature avec qui il avait fait l'amour durant une nuit exceptionnelle ? Mais à la vérité, il avait une excuse. Une vraie. Peut-être pas recevable pour la femme qui avait élevé son fils seule durant trois ans et huit mois, mais légitime tout de même.

Seulement, cet alibi le ramenait à une époque tout aussi pénible à se remémorer.

Seule son arrogance, cette certitude de ne jamais commettre la moindre erreur, avait précipité l'empire de son père dans la faillite. Or, en découvrant l'ampleur des dégâts, il avait fui. Oui : au lieu de rester à Rome pour aider son père à tenter de redresser l'entreprise familiale, il était tranquillement parti skier dans les montagnes italiennes. Epouvanté, incapable de faire face aux conséquences de son irresponsabilité, il s'était enivré de plaisirs, jusqu'à séduire une ravissante jeune femme et à lui faire l'amour dès la première nuit…

Mais alors qu'il était tout à son plaisir, le lendemain matin, son père avait fait une attaque. Il avait appris la nouvelle juste après le départ d'Annie, alors qu'ils devaient se retrouver au restaurant le soir même. Jamais il n'oublierait ce moment atroce… Son cœur s'était figé lorsqu'il avait lu la une du journal financier !

Sans prendre le temps de réfléchir, il avait quitté précipitamment la station pour se rendre à Rome, au chevet de son père. Comment diable aurait-il pu imaginer qu'il abandonnait derrière lui la future mère de son enfant ?

Il poussa un profond soupir.

— Je ne suis plus le dandy égocentrique que tu as rencontré autrefois.

La jeune femme lui décocha un regard méfiant.

— Et moi, je ne suis plus la jeune femme naïve que tu as connue.

— Naïve ? Cet adjectif peut-il s'appliquer à une seule des sœurs Balfour ?

— Je ne pense pas que nous parvenions à quoi que ce soit si tu t'entêtes à insulter constamment ma famille, riposta-t-elle sèchement.

— Non, en effet. Tu as raison. Mais quoi qu'il en soit, nous allons bel et bien nous marier, Annie.

— Il y a donc si longtemps que tu n'as pas entendu quelqu'un te dire non, Luca ?

Devant son sourire sarcastique, il afficha une expression sereine.

— En fait, je crois que ce n'est jamais arrivé, lança-t-il.

— Si. Aujourd'hui.

— Peut-être, mais dans ce cas, tu connais les risques auxquels tu t'exposes : je n'hésiterai pas à me battre jusqu'au bout pour récupérer mon fils.

Annie s'efforçait de ne pas céder au désespoir ou à la rage, mais la détermination acharnée de Luca commençait à avoir raison de son sang-froid. Cet homme-là aimait les batailles. Et il s'était probablement juré de sortir vainqueur de celle-ci, quoi qu'il lui en coûte.

— Tu te rends compte du déchaînement médiatique qui aura lieu, si tu entames une procédure judiciaire ? observa-t-elle, espérant que cet ultime argument le ferait fléchir.

Mais il se contenta de hausser les épaules.

— C'est ton choix, répondit-il.

Cette fois, une colère froide se mit à sourdre en elle. Une colère associée à un ressentiment indescriptible. Il ne l'aimait pas ! Pas davantage qu'elle ne l'aimait ! Il était prêt à brader le bonheur d'Oliver uniquement dans le but de remporter son petit combat. C'était ignoble. Et quand elle se représentait le tribunal, les avocats, la foule de photographes et le regard effaré de son petit garçon… Non, non ! Elle n'avait pas le droit d'imposer un tel supplice à son fils !

— Tu serais folle de te lancer dans cette guerre, ajouta-t-il en la fixant droit dans les yeux.

Très raide, elle soutint son regard et rétorqua froidement :

— Avec l'exemple de mes parents séparés, je serais encore plus folle d'accepter d'épouser un homme qui ne m'aime pas, et que je n'aime pas non plus.

A ces mots, il rit avec insolence.

— Vraiment, Annie, étant donné l'enfance que tu as eue, je m'étonne que tu croies encore à ce qu'on appelle l'amour !

— Chacun de mes parents a connu la passion,

opposa-t-elle. Pas l'un avec l'autre, sans doute, mais ils l'ont trouvée tout de même.

— Et tu crains que la même chose se produise pour l'un de nous si nous décidons de nous marier dans l'intérêt d'Oliver, c'est bien cela ?

Etait-ce là ce qu'elle redoutait ? Ou bien était-elle avant tout terrifiée par la possibilité de tomber amoureuse de lui ?

Elle tenta de se concentrer sur la règle du code d'honneur qui l'avait tant marquée : « Affronter ses peurs avec courage permet d'avancer dans la découverte de soi-même. »

Qu'adviendrait-il si, finalement, elle découvrait que sa plus grande peur — la raison pour laquelle elle avait été incapable de tomber amoureuse d'un autre homme depuis sa rencontre éphémère avec Luca — était liée au souvenir ineffaçable d'une nuit qui n'avait jamais cessé de la hanter ?

— Rien ne nous oblige à nous comporter en ennemis, Annie, murmura-t-il soudain en revenant vers elle, pour effleurer son visage du bout des doigts.

Ce seul contact suffit à la faire trembler de la tête aux pieds.

Seigneur, elle ne répondait plus de rien, quand elle sentait ses mains se poser sur sa peau. C'était comme une malédiction. Un feu lancinant montait en elle. Ses jambes ne la portaient plus. Une sorte de vertige lui troublait la vue, et ses seins durcissaient.

La gorge sèche, elle releva les yeux vers lui. Aucun homme ne possédait une bouche aussi sensuelle… Ni des mains à la fois si viriles et douces. Elle sentit les bras de Luca l'enserrer pour l'attirer contre lui. Une nouvelle fois, elle put mesurer sans équivoque l'intensité de son excitation.

Le cœur battant, elle avait l'impression d'être inexorablement attirée par une force invincible : il émanait de Luca une aura si puissante qu'elle avait envie de s'agripper à son cou, de le laisser l'embrasser, de…

Sans même qu'elle ait eu le temps de comprendre ce qui arrivait, les lèvres de Luca se pressèrent sur les siennes. Des lèvres affamées, chaudes et douces, fermes et insistantes. Alors qu'un volcan menaçait d'entrer en éruption au plus profond de son être, elle s'abandonna à ce baiser passionné, répondant fébrilement à son appel.

Un gémissement de satisfaction l'avertit que son compagnon n'attendait que ce signal pour approfondir son étreinte, glisser ses doigts dans sa chevelure, arpenter ses hanches d'une main fiévreuse.

En une fraction de seconde, il l'attira dans le salon, la plaqua contre le mur et l'embrassa avec une ferveur renouvelée. Eperdue de désir, Annie savourait le contact de ses doigts experts sur ses seins, sa taille, son bassin… Bientôt, il releva sa jupe pour arpenter la peau nue de ses cuisses. Ses caresses l'ensorcelaient. Son cœur battait sur un tempo frénétique, et elle l'embrassait avec une avidité dont elle ne se serait jamais crue capable.

— Annie…, murmura-t-il en lui arrachant sa jupe, avant de caresser son ventre plat et brûlant.

Le souffle court, elle savourait les ondes électriques qui la traversaient. Des ondes d'une puissance telle qu'elle risquait d'imploser.

Avec un gémissement, elle enfonça les ongles dans son épaisse chevelure brune, plus soyeuse encore que dans son souvenir.

Comme il effleurait la soie de sa culotte, elle étouffa un petit cri.

— Dis-moi ce que tu veux, Annie, murmura-t-il, arrimant son regard au sien.

— Je…

Son corps était en flammes. Il écartait délicatement

ses cuisses pour explorer son sexe humide, et elle s'ouvrait sous ses caresses, ivre de plaisir.

— Dis-le-moi ! insista-t-il en plaquant son bassin contre le sien.

Se sachant entièrement à sa merci, elle releva les yeux vers lui et balbutia :

— Je… Je veux… Oh !

Il avait défait les boutons de son pantalon et plaquait maintenant son sexe dur contre son ventre, lui faisant sentir à quel point il avait envie d'elle.

Tout en lui infligeant ainsi cette torture, il déboutonna le chemisier d'Annie, fit sauter l'agrafe de son soutien-gorge et posa soudain la bouche sur l'un de ses tétons durcis pour l'aspirer, l'agacer du bout de la langue.

Emportée par un tourbillon de plaisir, Annie se cambra pour mieux s'offrir à sa bouche. Lorsqu'il glissa une main sous l'étoffe de sa culotte, elle ne put retenir un cri.

— Dis-le-moi, Annie, répéta-t-il.

— Oh, je ne sais pas ! Tu me rends folle ! Je veux… Ne t'arrête pas ! Je veux que tu ne t'arrêtes pas !

Sans répondre, il la souleva dans ses bras pour la conduire sur le canapé et la débarrasser de son slip.

Puis, il ôta son T-shirt, lui révélant son torse d'athlète, bronzé et couvert d'un fin duvet noir. Penché sur elle, il caressait ses seins gonflés, traçant le contour de ses aréoles, revenant sans cesse à ses tétons dardés. Fascinée, elle le regarda lécher avidement sa poitrine, avant de fermer les yeux pour se concentrer sur le plaisir qu'il lui donnait.

Peu à peu, il descendit le long de son corps, déposant une traînée de baisers brûlants sur son ventre, s'aventurant vers son sexe…

Il la fit basculer sur le canapé.

A l'instant où elle sentit sa langue sur son clitoris, elle laissa échapper un long gémissement. Sa réaction eut aussitôt pour effet d'enhardir les caresses de Luca, et elle eut un long frisson. Jamais elle n'avait connu un plaisir d'une telle intensité… Sauf peut-être lors d'une certaine nuit qui avait bouleversé sa vie à jamais…

Mais au fond d'elle-même, elle savait que quatre années de chasteté n'expliquaient pas l'intensité du plaisir qu'elle découvrait en ce moment. Une vague d'ondes lancinantes la submergeait, et jamais elle n'aurait été capable d'éprouver des sensations aussi puissantes entre les bras d'un autre homme.

En sentant l'extase monter en elle, elle lâcha prise. Lorsqu'il la fit jouir, elle cria son nom avant de baisser les yeux vers lui, effarée, ne comprenant pas comment il avait su provoquer ce séisme en elle. A bout de souffle, il rivait son regard noir au sien. Sans une hésitation, elle bascula sur lui pour caresser son sexe dressé, puis y poser ses lèvres…

— Annie…, protesta-t-il d'une voix rauque.

Ne se fiant qu'à son instinct, elle le prit dans sa bouche, se délectant du goût de sa peau.

La manière dont il réagissait à cette caresse, qu'elle lui prodiguait pour la première fois, l'incitait à poursuivre. Le visage de Luca était métamorphosé. Une fièvre puissante semblait annihiler ses forces. Loin de lutter pour conserver le pouvoir, il s'offrait à elle.

Elle laissait sa bouche aller et venir lentement sur son sexe dur pour lui offrir des mouvements langoureux, intenses. Bientôt, elle entendit la respiration saccadée de Luca s'accélérer. Elle le caressa de la langue de haut en bas…

— Arrête ! gémit-il.

Surprise, elle s'interrompit. A peine se fut-elle immobilisée que Luca la saisit par la taille et la renversa sur le canapé, écartant ses cuisses d'un geste autoritaire.

Puis, il la pénétra d'un coup de reins si puissant

qu'Annie en eut le souffle coupé. La brûlure était délicieuse, et tandis qu'un nouveau tonnerre de sensations éclatait en elle, elle enroula ses cuisses autour de lui pour l'inviter à approfondir son étreinte.

Lentement, il imprima à leur corps à corps un mouvement régulier. Le cœur battant à se rompre, Annie se laissa aller au gré d'une spirale de plaisir, avant de sentir la jouissance approcher une nouvelle fois, et l'emporter avec fureur.

7.

Trempée de sueur, Annie n'en revenait toujours pas : d'où venait la témérité dont elle avait fait preuve ? Elle avait osé prodiguer à Luca de Salvatore une caresse si audacieuse que jamais, jusqu'alors, elle ne s'était laissée aller à en rêver…

Elle ignorait même être capable de ce genre d'initiative.

Etendue sur le canapé, elle reprenait lentement sa respiration, à côté de celui qui venait de lui démontrer qu'en quelques minutes, il pouvait venir à bout de sa volonté…

Les yeux fermés, Luca n'osait dévisager Annie.

Bon sang, il avait seulement eu l'intention de l'embrasser et de la caresser, pour lui prouver qu'ils étaient toujours attirés l'un par l'autre ! Au lieu de quoi, il venait d'avoir la preuve éclatante qu'Annie Balfour représentait un danger absolu pour lui, qui se targuait de toujours garder le contrôle de lui-même.

D'ordinaire, il ne baissait jamais la garde.

Certes, il avait des besoins. Ainsi, s'il avait faim, il mangeait. S'il avait soif, il buvait. Et s'il éprouvait un besoin d'un autre genre, il invitait une femme à partager son lit. Sans sentiments. De manière très calculée.

Or, le plaisir qu'il venait de connaître en faisant l'amour avec Annie n'avait rien de froid, et encore moins de calculé. Elle l'avait mis à sa merci. Avec une facilité déconcertante, elle avait pulvérisé la carapace qu'il s'était forgée, libérant un flux d'émotions inconnues — jamais éprouvées avec aucune femme…

La mâchoire serrée, il inspira profondément pour tenter de rassembler ses esprits. Puis, il se tourna vers le visage ravissant d'Annie, admirant le bleu limpide de ses grands yeux et la rondeur de ses lèvres qui, quelques instants plus tôt, étaient encore posées sur lui pour la plus intime et la plus excitante des caresses…

— Tu as quelqu'un dans ta vie, en ce moment ? demanda-t-il à brûle-pourpoint.

— Et toi ? répliqua-t-elle.

— Eh bien… Il arrive que j'aie des maîtresses, mais… pas en ce moment, non. Et tu n'as pas à t'inquiéter à ce sujet : dès que nous serons mariés, tu seras la seule.

— Tu as des problèmes d'audition, Luca ? répliqua-t-elle sèchement. Je t'ai déjà répété vingt fois que je ne serai pas ta femme !

— Tu as une autre solution à proposer, alors ?

Oui, elle en avait une, songea Annie : qu'il sorte de sa vie maintenant, et de manière définitive ! Hélas, il ne l'accepterait pas.

— Aucune qui puisse te convenir, admit-elle avec un soupir, mais je…

— Il n'y a pas de mais qui tienne, Annie. C'est soit le mariage soit une bataille juridique pour la garde d'Oliver. Une bataille qui sera forcément publique, puisque nos noms intéressent tant de gens. Et il me semble qu'après le scandale qui a éclaté récemment au sujet de la légitimité de l'une de tes sœurs, ton père ne va guère apprécier ce drame médiatisé autour de son petit-fils.

— Espèce de salaud ! protesta-t-elle, outrée.

Mais il se contenta de lui retourner un sourire de défi, et elle sentit à quel point elle était en position de faiblesse. Ne serait-ce qu'un mois plus tôt, avant le scandale du bal des Balfour, elle aurait pu lui rire au nez. Hélas, la légitimité de l'une des filles d'Oscar, Zoe, avait alors été mise en cause.

Seigneur, cette histoire n'aurait pu tomber plus mal !

— Cette conversation ne mène nulle part, observa-t-elle avec amertume.

— Elle cessera quand tu renonceras à refuser ce qui est inéluctable, asséna-t-il.

Ulcérée, elle se leva et se dépêcha de rassembler ses affaires pour se rhabiller.

— Il n'y a rien d'inéluctable dans ta demande en mariage ! s'exclama-t-elle. J'en ai assez, Luca ! Si tu réussis à me contraindre à t'épouser, je te promets solennellement que je ferai de ta vie un enfer.

Il se leva à son tour et enfila son T-shirt d'un air serein avant de répliquer :

— J'attends impatiemment de voir ça.

— Je n'en serais pas si sûr, à ta place.

Il hausa les épaules en enfilant son pantalon.

— Bien, puisque nous sommes d'accord, notre mariage…

— Nous ne sommes d'accord sur rien ! explosa-t-elle. Et avant que nous soyons parvenus à un terrain d'entente, il est préférable que tu ne voies pas Oliver et…

— D'accord.

— … et que tu ne le bouleverses pas avec… Pardon ?

— Je t'ai dit d'accord, Annie. J'y ai réfléchi également. Je ne veux pas plonger Oliver dans la confusion.

Stupéfaite, Annie observa un bref silence, le temps d'assimiler cette nouvelle donnée. Un soulagement inattendu commençait déjà à la gagner, et elle sourit pour demander :

— Alors nous sommes d'accord sur le fait que je

rentre chez moi lundi, et que je trouverai alors un moyen d'exposer la situation à Oliver, et…

— Ce n'est pas du tout ce que je viens de dire, interrompit-il. Aucun de nous ne rentrera en Angleterre tant que la situation ne sera pas éclaircie, et que nous ne tomberons pas d'accord sur la marche à suivre. J'étais censé passer quelques jours dans les vignobles du domaine des Salvatore, près de Venise. Tu vas venir avec moi.

— Je… Tu veux que je t'accompagne à Venise ? balbutia-t-elle, sidérée par cette suggestion.

Venise était la ville des amoureux… Non ?

— En fait, le domaine se situe un peu au nord de la ville, précisa-t-il.

— Mais enfin, je…

— C'est ça, ou bien le plan initial : je t'accompagne jusqu'en Angleterre et je me rends à Balfour Manor avec toi.

Annie déglutit avec peine. Comment avait-elle pu croire un instant qu'il reviendrait à la raison ? Cet homme avait un cœur de pierre. Mais elle s'en voulait surtout d'avoir ressenti une légère excitation à l'idée d'être invitée à passer quelques jours à Venise avec lui… Avait-elle perdu la tête ?

— Qu'est-ce que ça changerait ? lui opposa-t-elle. Rien ne prouve que quelques jours de plus nous permettraient de trouver un compromis au sujet d'Oliver.

— Ne sois pas si pessimiste, répliqua-t-il avec un petit sourire satisfait. Je suis persuadé que nous y parviendrons.

Lasse de le laisser jouer avec ses nerfs, ne sachant plus quelle échappatoire trouver, Annie hocha la tête à contrecœur. Il ne s'agissait que d'un sursis. Mais si son fils pouvait rester encore à l'abri de cette tempête durant quelques jours…

— Très bien, Luca, déclara-t-elle sombrement. Je

partirai demain avec toi et nous irons dans ton vignoble. Mais à une condition : il doit être bien clair que ce qui s'est produit ce soir, euh… n'arrivera plus.

Elle avait les joues en feu. De toute façon, c'était à peine si elle parvenait à admettre ce qu'elle venait de vivre ! Il n'y avait eu aucune transition entre leur querelle et cette étreinte extraordinaire, immédiatement suivie d'un nouveau duel…

Luca la dévisageait d'un air sarcastique, les yeux brillant de malice.

— Tu crois vraiment que c'est possible ? s'enquit-il.

— Il y a intérêt ! s'écria-t-elle. Parce que, sinon, je ne viens pas !

— Tu admires la vue ?

C'était exactement ce à quoi Annie s'occupait, depuis le balcon de la chambre d'amis que l'une des domestiques lui avait désignée un moment plus tôt.

Car même si elle n'avait aucune envie d'admirer quoi que ce soit appartenant à Luca de Salvatore, elle était sous le charme de ces vignobles s'allongeant à perte de vue, ou du moins jusqu'aux eaux miroitantes de la lagune vénitienne, sur la ligne d'horizon.

La villa de famille elle-même, perchée sur une colline, surplombait la vallée et ne manquait pas de majesté, avec ses superbes murs couleur Sienne et son architecture en hacienda sur trois niveaux. Entourée de jardins somptueux, elle était également équipée d'une superbe piscine.

En n'importe quelle autre occasion, Annie se serait réjouie de séjourner dans un lieu pareil. Mais elle n'oubliait pas pourquoi elle se retrouvait ici — contre sa volonté.

— Tous les vignobles appartiennent à ta famille ? s'enquit-elle.

Il acquiesça d'un hochement de tête.

— Tu aimerais peut-être aller les explorer, après le déjeuner ? suggéra-t-il. Nous pourrions faire une promenade à cheval, ou utiliser la moto, si tu veux…

Les yeux cachés derrière des lunettes de soleil, Luca était particulièrement séduisant, dans son pantalon de lin blanc et sa chemise noire.

Dès leur arrivée, il était allé se changer. Mais elle avait peur du pouvoir qu'il exerçait sur elle chaque fois qu'elle commettait l'imprudence de le contempler trop longuement. Ne tenant guère à ce que l'« accident » de la veille se reproduise, elle haussa les épaules et détourna les yeux.

— Comme tu veux. Ça m'est égal, répondit-elle.

Elle n'avait pas fermé l'œil de la nuit. Impossible de trouver le sommeil après la journée infernale qu'elle avait vécue, et les conséquences qui en découlaient. Heureusement, le confort du jet privé lui avait permis de connaître un peu de repos. Durant le trajet en voiture jusqu'à la villa, elle avait fait semblant de se rendormir, tant elle était mal à l'aise de se trouver assise à côté de Luca, à quelques centimètres de lui.

Le bref moment de solitude dont elle venait de profiter avait donc été providentiel, mais elle était très consciente de la force d'attraction que Luca exerçait sur elle. Elle n'aurait pas hésité à prendre ses jambes à son cou si l'avenir d'Oliver ne dépendait pas des quelques jours qui allaient venir…

— J'ai le temps de me rafraîchir et de me changer, avant le déjeuner ? demanda-t-elle, désireuse de le voir partir.

Il fronça les sourcils.

— Pour ma part, j'ai eu largement le temps de le

faire… Il t'a fallu trois quarts d'heure pour ranger tes vêtements et t'installer ?

Elle rit.

— Je suis une femme, Luca !

— Oui. Et pas n'importe quelle femme. Une Balfour.

— En effet, acquiesça-t-elle avec fierté. Et une Balfour prend toujours son temps pour se préparer. Quand nous sommes toutes rassemblées, tu devrais voir les batailles qui éclatent pour savoir qui utilisera la salle de bains la première !

Il afficha un sourire amusé.

— C'est vrai, j'ai du mal à me représenter ce genre de scènes… Je suis fils unique.

— C'est étonnant, dans une famille italienne, non ?

— Ma mère n'a pas pu avoir d'autres enfants, après moi, expliqua-t-il. C'est ce qui aura certainement contribué à faire de moi un gosse gâté.

— Tu étais un gosse gâté, Luca ? demanda-t-elle avec gentillesse.

— Tu ne reconnais pas ceux qui te ressemblent ? répliqua-t-il d'un ton de défi.

— Je crois que tu me connais vraiment mal, Luca, soupira-t-elle, sans se laisser impressionner par cette attaque.

— Tiens donc ? Tes vêtements portent tous la griffe d'un grand créateur. Tu passes tes vacances dans la résidence familiale de Klosters, ou sur une île privée des Caraïbes. Tu voyages en classe affaires. Il semblerait que tu saches parfaitement monter à cheval, et j'en passe… Non, je ne pense pas que la majorité des jeunes femmes de vingt-quatre ans te ressemblent. Et, oui, je crois qu'au moins jusqu'à un certain point, tu es aussi une gosse gâtée.

Annie leva fièrement le menton pour rétorquer :

— Mon père croit que dans les affaires, les apparences sont déterminantes : c'est pourquoi je porte des vêtements de prix, et c'est pourquoi je voyage en classe affaires pour séjourner dans des palaces. C'est lui qui possède Klosters et l'île des Caraïbes, pas moi. Mon beau-père m'a appris à monter à cheval quand j'avais six ans et mes sœurs, à faire de la moto. Je sais aussi naviguer, faire de l'escalade, sauter en parachute…

— Pas étonnant que ton père se fasse des cheveux blancs ! s'exclama-t-il.

— Mais je crois que tout cela fait de moi une femme accomplie plutôt qu'une gosse gâtée, enchaîna-t-elle. J'ai travaillé dur pour obtenir mes diplômes. J'ai suivi un cursus de littérature à l'université, et j'ai obtenu ma maîtrise en…

— Tout cela pour te retrouver mère célibataire trois mois plus tard, interrompit-il.

— Je crois que nous avons suffisamment évoqué ce sujet, lâcha-t-elle avec irritation.

Luca se mordit la lèvre. Tout était sa faute. C'était lui qui n'avait pas songé une seule seconde à la contraception, alors qu'il faisait l'amour à une jeune fille de vingt ans qui lui offrait sa virginité. C'était lui qui était parti comme un voleur dès le lendemain. Lui qui, après s'être assuré que son père était hors de danger, n'avait pas cherché à retrouver celle qui l'avait vainement attendu dans un restaurant de la station de ski.

— Je veux tout faire pour rectifier cette erreur, reprit-il.

— Quoi ? Tu me dis qu'Oliver est une *erreur* ?

Les yeux de la jeune femme lançaient des éclairs.

— Voyons, ce n'est pas ce que j'ai dit…

— Oh si ! C'est ce que tu viens de dire !

— Non ! assura-t-il avec autorité.

— Ça suffit, trancha-t-elle d'un ton dédaigneux. Je te prie de me laisser, Luca. Je crois que je ne tiens pas à aller me promener aujourd'hui. Je suis épuisée et j'ai besoin de repos. Et puisque tu m'as contrainte à rester ici plusieurs jours, rien ne presse, n'est-ce pas ?

— Mais… Annie, il n'a jamais été dans mon intention de te blesser…

— Trop tard, répondit-elle.

Sa voix tremblait. Des larmes lui étaient montées aux yeux.

Interdit, ne sachant que faire, Luca finit par pousser un profond soupir et s'éclipser, laissant la jeune femme seule.

Mais en refermant doucement la porte derrière lui, il se maudit d'avoir été si maladroit.

Durant quelques secondes, il resta là, sur le seuil de la chambre d'Annie, à réfléchir à son attitude. La veille, en découvrant qu'elle avait un fils, il s'était laissé déborder par la colère. C'était toujours la colère qui dominait ses émotions, quand il avait posé les yeux sur les clichés représentant le petit garçon aux boucles noires, au visage semblable au sien au même âge — à l'exception des yeux, du même bleu que ceux de sa mère.

Mais ce n'était qu'aujourd'hui, en cet instant, qu'il réalisait comment Annie considérait sa demande en mariage, et ce que cela signifiait pour elle. Il la contraignait à s'arracher, avec son fils, à la vie qui était la sienne, pour endosser un rôle dont elle ne voulait visiblement pas entendre parler.

Mais bon sang, avait-il le choix ? Oliver était incontestablement son fils, et l'héritier des Salvatore ! Il ne pouvait pas renoncer à lui sous prétexte qu'Annie Balfour versait quelques larmes à l'idée de devenir sa femme !

Néanmoins, il frappa doucement à la porte.

— Oui ?

Passant sa tête dans l'entrebâillement, il murmura d'un ton aussi apaisé que possible :

— Je voulais juste te dire que le téléphone se trouve

dans le bureau, au rez-de-chaussée. Tu peux appeler ta mère dès que tu voudras descendre.

— Merci, chuchota-t-elle.

— De rien, dit-il en refermant la porte.

Le lendemain, Annie était prête à partir visiter les vignobles. Contre toute attente, après la terrible scène qui avait eu lieu entre elle et Luca, elle avait réussi à passer une très bonne nuit. C'était sans doute la douceur de l'air italien, et le calme de cette campagne paradisiaque…

A midi, le délicieux déjeuner préparé par la cuisinière, pris sur la terrasse ensoleillée de la villa, avait un peu calmé son angoisse. Car la veille, en appelant Tilly, elle s'était contentée d'explications évasives : elle avait rencontré un vieil ami, qui l'aurait invitée à prolonger son séjour italien quelques jours. Naturellement, sa mère lui avait confirmé qu'elle serait heureuse de s'occuper de son petit-fils durant ce laps de temps. Tilly avait conclu leur conversation en lui faisant promettre de profiter de « ses vacances »… Mais Annie aurait difficilement pu lui avouer que ces « vacances » avaient tout d'un purgatoire précédant le plongeon dans un monde aussi inconnu qu'effrayant !

— Alors, qu'as-tu choisi ? demanda-t-elle, comme ils se dirigeaient vers les écuries et le garage.

Depuis qu'ils s'étaient retrouvés, le matin, pour le petit déjeuner, Luca se montrait charmant. Ils avaient soigneusement évité les sujets qui fâchent, et tout se passait au mieux.

— La moto, répondit-il. Même si je dois avouer qu'il y a un bon moment que je ne suis pas monté sur ce genre d'engin.

— Laisse-moi deviner, répliqua-t-elle avec une moue amusée. Quatre ans et demi ?

— Eh bien… Oui, en effet, admit-il.

— Je vois. Mais dis-moi, comment es-tu passé de la vie d'un play-boy sans foi ni loi à celle d'un homme d'affaires débordé ?

— Comme toi, répondit-il en haussant les épaules. J'ai mûri.

— Oui, mais il doit bien y avoir une raison, insista-t-elle. A l'époque où nous nous sommes connus, les Salvatore ne se trouvaient pas dans une position très confortable, n'est-ce pas ?

— Comment le sais-tu ? demanda-t-il d'un ton soupçonneux.

— Tu as déjà oublié que je suis la fille de mon père ? Et puis, cela n'a rien d'un secret. Tout le monde sait que tu as pris les rênes de l'entreprise familiale pour la hisser aux sommets de la finance mondiale.

— Seulement après avoir manqué la couler ! répondit-il. A vingt-six ans, je croyais être invincible. J'ai commis beaucoup d'erreurs. Des erreurs qui auraient pu coûter la vie à mon père, ainsi que son entreprise.

— Comment cela ? demanda-t-elle, sidérée.

Il n'avait pas quitté ses lunettes noires, et elle ne voyait toujours pas son regard. Mais il poussa un profond soupir avant d'expliquer :

— A cause de mes erreurs, mon père a fait une crise cardiaque. Il a failli mourir. Cela doit bien correspondre à l'image du monstre que tu as de moi, celui qui tente de t'arracher ton fils, non ?

Touchée par cet aveu, elle ne répondit pas à sa provocation et murmura avec douceur :

— Oliver est aussi *ton* fils.

— Oui, dit-il très bas, hochant la tête. Ecoute… Comme je te le disais hier, je n'ai jamais voulu te blesser, Annie. Je veux seulement essayer d'être un bon père pour Oliver. J'aimerais être là pour l'aider à comprendre qu'une vie privilégiée ne signifie pas que l'on doit se comporter n'importe comment. J'aimerais lui éviter de commettre les mêmes erreurs que moi.

Etonnée, Annie le dévisagea longuement. Pour la première fois depuis qu'ils s'étaient retrouvés, elle comprenait son besoin, profond et sincère, d'être un père pour leur fils.

Un père à temps plein… Mais cela ne signifiait pas pour autant qu'elle allait accepter de l'épouser !

— Bon, conclut-elle, mal à l'aise. Je suis prête. On y va ?

8.

— C'était génial ! s'exclama-t-elle en riant, deux heures plus tard, quand ils revinrent ranger les deux motos dans le garage, situé tout près des écuries.

Elle avait passé un moment fabuleux, à foncer à pleine vitesse au milieu des superbes vignobles du domaine.

Luca lui adressa un clin d'œil en ôtant son casque et acquiesça. Ravie, elle secoua sa queue-de-cheval et se rappela le sentiment d'ivresse que venait de lui procurer cette course sous le soleil.

Luca était encore sous le choc de ce qu'il avait ressenti durant cette escapade. Il y avait des années qu'il travaillait vingt heures par jour, sept jours par semaine. C'était le prix à payer pour redresser l'entreprise de son père et réparer ses erreurs de jeunesse… Il y avait donc une éternité qu'il ne s'était pas offert un peu de bon temps. Or, il venait de découvrir qu'il avait *besoin* de ce genre de pauses : rire sous le soleil de cette région qu'il adorait, auprès d'une femme qui ne demandait qu'à partager sa passion pour ce vignoble. Le moment de lever le pied était-il venu ? Celui de profiter un peu de sa vie personnelle ?

En fait, il était déterminé à changer. Dès qu'il serait marié. Il n'aurait d'ailleurs aucun mal à passer davantage de temps chez lui, tout près de cette créature à la chevelure de miel, qui lui donnait envie de la couvrir de baisers…

— Luca ?

— Euh, oui. Pardon. Je pensais à autre chose.

Naturellement, songea-t-elle avec amertume. Il aurait sans doute donné n'importe quoi pour se trouver le plus loin possible d'ici. Et surtout pour ne pas avoir à la divertir…

— Si tu as quelque chose à faire de ton côté, je peux aller nager seule dans la piscine, proposa-t-elle.

Il venait d'ôter ses lunettes et de ranger leurs casques. Lorsqu'il se retourna, elle fut frappée par l'intensité de son regard rivé sur elle.

— C'est-à-dire ? demanda-t-il d'un ton étrange. Qu'est-ce que je pourrais être en train de faire, en ce moment ?

Décontenancée, elle haussa les épaules.

— Je ne sais pas. Mais je suppose qu'il faut bien que quelqu'un dirige ce domaine…

— Non, j'ai un contremaître qui s'en charge, assura-t-il.

— Ah.

Mal à l'aise, elle sentit un frisson la parcourir. Situés derrière la villa, les garages et les écuries étaient séparés de la terrasse par un jardin et une haute haie. Et ils étaient seuls. Le silence qui régnait autour d'eux lui parut soudain très lourd.

Il fronça les sourcils et fit un pas vers elle.

— Tu as froid…

— Ne dis pas n'importe quoi ! protesta-t-elle vivement, comme il tendait une main vers elle. Je, je… enfin, peut-être. Juste un peu.

Mais si elle avait la chair de poule, c'était pour une raison bien différente. Personne ne passerait par ici, à cette heure de l'après-midi — il devait être à peine 15 heures.

— Nous devrions rentrer dans la villa, reprit-elle.

— Pourquoi ?

Annie sentit sa gorge se nouer dès qu'elle croisa le

regard de Luca. Seigneur, pourquoi se tenait-il si près d'elle ? Et comment se dérober à ces yeux bruns qui la dévoraient ?

— Je… je crois qu'il vaudrait vraiment mieux rentrer, Luca, je…

— Nous ne sommes pas pressés, dit-il d'une voix séductrice, grave et sensuelle. Et en fait, je n'aime pas voir tes cheveux prisonniers de cette coiffure trop sévère…

Sans même qu'elle n'ait eu le temps de réagir, il ôta délicatement l'élastique qui retenait ses cheveux.

Il laissait ses doigts errer dans ses longues mèches, sans cesser de la fixer, affichant un sourire équivoque…

— Qu'est-ce que tu fais, Luca ? s'enquit-elle d'une voix blanche, tandis qu'une boule de chaleur se formait en elle.

— Devine, murmura-t-il en passant un bras autour de sa taille pour l'attirer contre lui et presser ses lèvres sur les siennes.

Il se contentait de les effleurer, tout en arrimant son regard au sien, s'écartant parfois pour mieux la contempler.

— Mais je… je croyais que nous étions d'accord là-dessus, balbutia-t-elle. Il est inutile d'ajouter encore à la confusion de cette situation en…

Son cœur s'était mis à battre très fort. Un vertige infernal la gagnait, et elle ne savait comment échapper à Luca.

— Tu veux dire : en faisant ceci ? poursuivit-il très bas, avant de frotter son menton contre ses joues, de redescendre vers sa bouche et de l'embrasser avec ferveur.

Dans un élan désespéré, Annie trouva l'énergie de le repousser fermement.

— Tu m'avais promis de ne plus faire cela, accusa-t-elle.

— J'ai changé d'avis, murmura-t-il en revenant vers elle.

Quand il l'attira de nouveau contre lui, elle sentit l'intensité de son érection. Aussitôt, des ondes de désir d'une violence inattendue montèrent en elle.

— Tu ne vois donc pas que c'est notre moyen de communiquer, Annie ? reprit-il d'un ton rauque, avant de l'embrasser encore, avec une sensualité dévastatrice.

Annie posa ses mains sur son torse pour le repousser, mais toute sa détermination fut pulvérisée à l'instant où il insinua sa langue entre ses lèvres. C'était comme si sa volonté était réduite à néant, comme si son corps ne lui obéissait plus. Ce baiser la *happait* entièrement. Elle se laissait aspirer dans ce tourbillon délicieux, et ne voulait rien d'autre que s'y perdre…

Lorsqu'il la fit basculer dans l'herbe, elle ferma les yeux, s'accrochant à son cou, répondant furieusement à son baiser, écartant les cuisses pour lui permettre de mieux se presser contre elle.

C'était de la folie, de la folie pure, mais elle était l'esclave de cette étreinte qu'elle n'aurait interrompue pour rien au monde. Elle voulait ses baisers. Ses caresses. Elle voulait sentir ses mains courir sur sa peau nue, explorer elle aussi son corps, et s'abandonner entièrement au plaisir divin qui la submergeait.

Luca l'embrassait rageusement, glissait ses mains avides sous son T-shirt et caressait ses seins, dont les tétons durcissaient sous ses doigts.

Annie gémit et se cambra pour l'inviter à poursuivre ses caresses. Mais elle laissa échapper un cri quand il aventura une main sous son jean et sa culotte, pour trouver son sexe humide et brûlant.

Loin de s'arrêter, Luca enfonça deux doigts en elle, et elle sentit un plaisir inouï l'emporter.

— Dis-moi ce que tu veux, murmura-t-il à son oreille.

— Oh… Luca !

— Dis-le-moi, Annie ! ordonna-t-il.

— Je… Oh oui, encore ! Encore ! supplia-t-elle.

Luca ne pouvait détacher son regard de ces seins ronds et gonflés de désir, dont les tétons roses se durcissaient pour lui. Allongée dans l'herbe, ses cheveux éparpillés autour de son visage, le T-shirt remonté sur le cou et le jean au niveau des genoux, Annie lui appartenait. Elle ondulait sous ses caresses, de plus en plus audacieuses, et le plaisir qu'il éprouvait ne ressemblait à rien de ce qu'il avait connu jusqu'alors. Il voulait qu'elle soit à sa merci, encore et encore.

— Jouis pour moi, *cara*, murmura-t-il, comme elle haletait de plaisir et qu'il sentait son corps se tendre.

A l'instant où elle enfonça fiévreusement ses ongles dans ses épaules, il triompha. Mais même si la jeune femme était à bout de souffle, il n'était pas question d'en rester là.

Il la souleva dans ses bras et la conduisit dans une petite zone protégée, entre une haute haie et un cabanon à outils. Là, il lui ôta son jean et son T-shirt pour l'admirer dans toute sa nudité, sous les rayons du soleil.

Elle était sublime.

Sans mot dire, il se déshabilla à son tour et s'allongea près d'elle. Comme il aimait voir ses grands yeux embués et ses lèvres brillantes… Mais alors qu'il allait rouler sur elle pour la faire sienne, elle le précéda, venant le chevaucher et s'enfoncer sur son sexe dressé.

— Oui, Annie, lança-t-il, incapable de contrôler le flux de sensations qui jaillissait en lui. Vas-y, prends-moi…

Le désir lui troublait la vue, mais il admirait ce corps de liane dressé sur le sien, ondulant déjà, lui imposant le rythme de leur va-et-vient, et il tendit les bras pour caresser encore ses seins si pleins et si offerts.

Les mouvements circulaires de son bassin le rendaient fou. La sève montait en lui, impossible à contenir, comme un volcan sur le point de cracher sa lave. Enfin, un tremblement irrépressible agita tout son corps, tandis qu'elle gémissait et renversait la tête en arrière…

Cette fois, il ne put retenir un cri qui se confondit avec celui d'Annie.

La tête posée sur le torse de Luca, Annie écoutait son cœur s'apaiser peu à peu. Elle tremblait encore, à la fois d'émotion et de stupeur.

Seigneur, après tout ce qu'ils s'étaient dit… Après toutes ces insultes, ces menaces, ces déchirements… C'était tout de même arrivé ! Encore !

Mais cette fois, c'était pire. Car elle venait de réaliser qu'elle était incapable de se refuser à lui, quand il avait envie d'elle. De toute son âme, elle avait voulu éviter cette catastrophe, mais… Luca venait de la faire jouir si intensément, de lui procurer un plaisir si pur, qu'elle s'étonnait même d'être encore en vie…

Ce qui ne changeait rien à la situation inextricable dans laquelle ils se trouvaient. Qu'allait-il arriver, maintenant ? Oh, Seigneur, elle était submergée par la honte.

— Qu'est-ce qu'il y a ? demanda-t-il, comme s'il avait perçu son trouble.

Il tournait déjà vers elle un regard complice et fougueux, mais elle détourna les yeux et se redressa pour ramasser ses sous-vêtements.

— Il faut nous rhabiller, Luca, expliqua-t-elle, mortifiée. N'importe qui peut nous trouver ici.

— Non, pas à cette heure de la journée, répondit-il d'un ton enjôleur en lui prenant la main pour la contraindre à se rallonger. Il est trop tôt. Et il est important de savourer le moment qui suit, après l'amour, et de…

— Nous avons assez « savouré », le coupa-t-elle en lui arrachant sa main. Lâche-moi, Luca.

D'un mouvement impatient, il lui saisit de nouveau le poignet.

— Et si je refuse ? dit-il d'un ton buté.

— Pour quoi faire ? répliqua-t-elle. Tu as eu ce que tu voulais, il me semble ! Nous n'avons pas besoin de rester plus longtemps l'un près de l'autre.

— Parce que toi, tu n'as pas eu ce que *tu* voulais ? rétorqua-t-il en plongeant un regard inquisiteur dans le sien.

Comme elle ne répondait pas, il insista :

— Et si j'ai encore envie de te faire l'amour ?

— Je crois pourtant que cela ne faisait pas partie de tes plans, répondit-elle.

Lui opposant une expression incrédule, il se leva à son tour et s'avança d'un pas.

— Tu crois que je suis à bout d'arguments et que j'ai l'intention de te *séduire* pour te contraindre à la soumission ? demanda-t-il.

A bout de nerfs, Annie le fusilla du regard.

— Ce n'est pas le cas, peut-être ? accusa-t-elle. Maintenant, si tu n'y vois pas d'inconvénient, j'aimerais rentrer à la villa.

Il observa un long silence, se rhabilla lentement et hocha la tête.

— Bien sûr, conclut-il.

Que lui arrivait-il ? Alors qu'ils se dirigeaient vers l'entrée de la maison, Annie cherchait encore l'explication du revirement brutal de Luca.

De son côté, elle sentait encore les frissons brûlants de leur étreinte au cœur de sa chair, et elle en était bouleversée. Etait-ce ainsi que fonctionnait leur relation ? Etaient-ils devenus des amants insatiables et affamés, que rien d'autre n'unissait que le sexe, le sexe et toujours le sexe ? Cela n'avait aucun sens ! *Tout* les opposait !

Et plus tôt Luca comprendrait qu'elle ne l'épouserait jamais, mieux cela vaudrait pour l'un et l'autre ! Même si elle redoutait la bataille qui allait suivre. Oserait-il exiger la garde d'Oliver devant un tribunal ?

Un coup d'œil rapide vers le visage de son compagnon la fit frémir. Son expression dure et insensible était revenue… Dire qu'elle avait presque oublié à quel genre d'individu elle avait affaire !

Il n'y avait rien à espérer de lui. Son père allait vouloir l'étrangler, mais il était clair qu'un nouveau scandale était sur le point d'éclater chez les Balfour et que…

— *Signor de Salvatore !* s'écria la gouvernante en courant à leur rencontre, à peine eurent-ils franchi les marches du perron.

La vieille dame se mit à parler si vite en italien qu'Annie ne comprit pas de quoi il s'agissait, même si le visage angoissé de leur interlocutrice ne laissait présager rien de bon.

Mais le cœur d'Annie se mit à battre sur un rythme frénétique dès qu'elle entendit ces mots : « *Signora* Tilly Williams. »

— Luca ? s'exclama-t-elle, affolée, en se tournant vers lui.

— *Grazie*, Maria, murmura-t-il.

Il était blême.

La vieille dame s'éloigna aussitôt, et Annie le vit serrer les poings.

— Ta mère a appelé pendant que nous étions dehors, annonça-t-il. Elle souhaite que tu la rappelles de toute urgence sur son portable.

Annie sentit la terre se fendre sous ses pieds. Sa mère ne cédait jamais à l'affolement. Elle lui avait encore parlé quelques heures plus tôt, et tout se passait pour le mieux… Pourquoi Tilly avait-elle besoin qu'elle la rappelle si vite ?

Luca faisait les cent pas dans son salon en attendant que la jeune femme ait terminé de passer son appel.

D'après ce qu'il savait de Tilly Williams, cette femme avait le sens des responsabilités, et elle s'était toujours dévouée non seulement pour ses filles, mais également pour celles qu'Oscar Balfour avait conçues avec sa première épouse.

Quand la porte s'ouvrit à toute volée, il eut l'impression que son cœur cessait de battre.

— Il faut que je parte immédiatement, annonça Annie. Je dois rentrer en Angleterre.

Elle restait sur le seuil de la pièce, visiblement prête à repartir.

— Dans ce cas, nous irons ensemble, répliqua-t-il, inflexible. Mais raconte-moi d'abord ce qui se passe.

— Je n'ai pas le temps de me disputer avec toi, répliqua-t-elle.

— Il n'y aura aucune dispute si tu me dis ce qui se passe ! cria-t-il, alors que la jeune femme tournait déjà les talons. Annie !

Mais à peine l'eut-il rejointe qu'elle fondit en larmes.

— Je… Oh, mon Dieu, balbutia-t-elle. Ma mère pratique l'équitation. Elle avait une leçon cet après-midi. Naturellement, elle a emmené Oliver avec elle, et… Oh, elle ne l'a quitté des yeux qu'une minute, mais…

Incapable de poursuivre, elle fondit en sanglots. Mais le sang de Luca ne fit qu'un tour, et la panique fusa en lui. Prenant Annie par les épaules, il tenta de la contraindre à relever les yeux vers lui.

— Qu'est-il arrivé à Oliver ? demanda-t-il, terrifié.

Il n'aurait su définir ce qu'il ressentait. Mais c'était comme si toute son existence était suspendue aux paroles d'Annie. Ce qu'elle allait lui révéler avait le pouvoir de tout faire basculer.

La jeune femme se mit à hoqueter, mais répondit d'une voix à peine audible :

— Il a reçu un coup de sabot, et il… Luca ! Où vas-tu ?

Déjà, il l'avait lâchée pour sortir furieusement son mobile de sa poche.

Calant l'appareil sur son épaule, il répondit froidement :

— Je fais préparer le jet, évidemment.

Annie était beaucoup trop dévorée par l'inquiétude pour prêter la moindre attention à ce que disait Luca à son interlocuteur. Les larmes roulaient sur ses joues, intarissables. Un froid polaire hantait son cœur, comme si le soleil s'était couché à l'instant où elle avait raccroché. Jamais elle ne se pardonnerait ce qui était arrivé aujourd'hui. Pendant qu'elle faisait l'amour avec Luca, son petit garçon était gravement blessé, et se trouvait maintenant à l'hôpital, *sans elle* ! Et elle n'avait même pas la possibilité de le rejoindre sur-le-champ !

Oh, s'il arrivait quelque chose à Oliver, si…

Une douleur aiguë lui déchira le cœur, et elle fut incapable de s'autoriser à imaginer un tel drame. Elle n'y survivrait pas. Tout était sa faute. Jamais elle n'aurait dû se laisser convaincre de ne pas rentrer en Angleterre et de suivre Luca jusqu'ici. Si elle était rentrée la veille, comme prévu, si elle s'était trouvée à Balfour Manor dès le dimanche soir… Tilly n'aurait pas eu besoin d'emmener Oliver à sa leçon d'équitation, et l'accident n'aurait pas eu lieu.

Mais il était trop tard. Elle ne pouvait pas revenir en arrière.

En ce moment, son amour, son bébé, son petit garçon chéri était à l'hôpital, sans le réconfort de sa mère, dans un état indéfini — peut-être inconscient, voire dans le coma.

Non, jamais elle ne se pardonnerait ce drame !

9.

— Tout va bien se passer, Annie, dit Luca en lui prenant la main pour la serrer fermement dans les siennes.

Annie lui retourna un regard furieux, tout en lui arrachant sa main et en se renfonçant dans le siège du luxueux jet.

— Je sais que tu aimes imaginer que tu es omnipotent, Luca, mais dans ce cas précis, rien ne te permet de l'affirmer !

Elle était encore trop secouée par le récit de sa mère pour penser à autre chose qu'à son fils dans son lit d'hôpital, même si la pâleur de Luca disait assez l'inquiétude qu'il éprouvait lui-même.

— C'est vrai, soupira-t-il. Je n'en sais rien. Mais il me semble que le dernier coup de fil de ta mère était plus rassurant.

Tilly l'avait en effet appelée juste avant le décollage de l'avion. Oliver s'était réveillé. Les sédatifs et le choc ne lui avaient guère permis de parler, mais selon les médecins, il n'y aurait pas de séquelles. La commotion cérébrale semblait superficielle.

« Semblait »…

Il n'y avait pas de quoi « rassurer » Annie, qui ne voulait qu'une chose : serrer son enfant contre elle et vérifier par elle-même qu'il allait le mieux possible après un pareil accident.

— Si ça te convient, tant mieux pour toi, répliqua-t-elle avec colère.

Elle n'avait pas voulu venir ici. C'était lui qui l'avait contrainte à le suivre. Lui qui l'avait empêchée de rentrer chez elle. Lui qui portait la responsabilité de son absence auprès de son fils !

Oh, bien sûr, il avait l'air mortifié, mais il ne connaissait l'existence d'Oliver que depuis trois jours, et il ne l'avait vu qu'en photo. Ce qu'il ressentait n'avait rien de comparable à la torture qu'elle endurait !

Oliver était seul. Privé du réconfort, de la tendresse de sa mère.

Et c'était sa faute.

Luca se retenait de hurler, tant la rage bouillait en lui. La rage, mais aussi l'angoisse et l'abattement. Rien d'étonnant à ce qu'Annie refuse de prendre en considération sa demande en mariage. L'arrogance dont il faisait preuve depuis leurs retrouvailles n'avait d'égale que l'irresponsabilité dont il s'était rendu coupable vis-à-vis d'elle quatre ans et demi plus tôt.

Si Oliver se remettait de…

Non. *Quand* Oliver se remettrait, songea-t-il avec détermination, alors à ce moment-là, il pourrait…

— Je regrette, Luca.

Il fronçait encore les sourcils quand il se retourna, pour découvrir le grand regard bleu d'Annie tourné vers lui.

— Je ne vois vraiment pas ce que tu peux regretter, répliqua-t-il d'un ton sec, tant il était surpris.

La jeune femme soupira.

— Je regrette d'avoir dirigé ma colère contre toi, murmura-t-elle. Cela ne change rien.

— A qui d'autre voudrais-tu reprocher ce qui s'est passé ? répliqua-t-il.

— Mais je ne cherche pas à trouver un bouc-émis…

Elle fut interrompue par le steward, qui se pencha vers Luca et murmura très vite quelques mots en italien.

— Ne me dis pas que nous sommes déjà prêts à atterrir ? demanda-t-elle, dès qu'il fut parti.

— Si.

— Oh, Seigneur… Merci !

L'atterrissage, les formalités de l'aéroport, le voyage en voiture grâce au chauffeur qui les attendait sur le tarmac et l'arrivée à l'hôpital se déroulèrent dans une sorte de brouillard pour Annie, qui ne se sentit revivre qu'à l'instant où elle courut dans le couloir, en direction de la chambre que sa mère lui avait indiquée.

— Il va bien, ma chérie, assura Tilly en lui emboîtant le pas.

— Est-il réveillé ? Est-ce qu'il a mal ? Est-ce que j'ai le droit de le…

— Ma chérie, il faut que tu te calmes avant d'aller le voir, supplia Tilly. Il est réveillé, oui. Et il a demandé à te voir. Mais il faut que tu saches qu'il a des points de suture, et qu'il est un peu groggy à cause des médicaments.

— Je dois le voir, répliqua Annie en abandonnant sa mère et Luca derrière elle pour se précipiter dans la chambre d'Oliver.

Tilly était une très jolie rousse, encore svelte et pleine de vie, à la quarantaine avancée. Luca sentit le regard bleu de cette femme menue le scruter avec une attention soutenue.

— Je vous prie d'excuser ma fille, dit-elle en souriant. Elle ne se comporte pas ainsi, d'habitude, mais…

— Ce sont des circonstances exceptionnelles, répondit Luca en hochant la tête.

— Oui, soupira Tilly.

— Je suis Luca de Salvatore, reprit-il en lui offrant sa main.

— Tilly Williams, répondit-elle. Je crois avoir souvent vu votre nom dans la presse financière. Etes-vous l'ami qui a invité Annie à séjourner dans son domaine, en Italie ?

Mal à l'aise, Luca sentait le regard de Tilly le détailler. Nul doute que cette femme, observatrice et intelligente, n'allait pas tarder à comprendre qui il était !

— Oui, confirma-t-il sobrement.

— C'est curieux. Annie ne m'avait jamais parlé de vous, auparavant.

Luca haussa les épaules en souriant, en dépit de l'inconfort qui le gagnait.

— Il y a longtemps que vous êtes amis, tous les deux ? insista Tilly.

— Euh, oui. Nous avons fait connaissance il y a quelques années.

— Je vois, murmura-t-elle.

A ces mots, il sentit une décharge d'électricité lui parcourir le dos.

— Vraiment ?

— Oui, je crois, renchérit-elle.

Elle observa un bref silence, avant d'ajouter :

— Voulez-vous entrer et voir Oliver, monsieur de Salvatore ?

Cette proposition lui confirmait que Tilly savait désormais très bien qui il était.

Luca s'éclaircit la gorge et répondit :

— Je ne suis pas sûr qu'Annie apprécierait beaucoup.

— Oh, je crois que ma fille est assez grande pour admettre que… Qu'il s'agit d'une *circonstance exceptionnelle*. Après tout, elle est venue ici avec vous, n'est-ce pas ?

De plus en plus mal à l'aise, Luca hocha la tête avant d'expliquer :

— C'est-à-dire que… Je crains fort de ne pas lui avoir vraiment laissé le choix.

— Oh, mais vous n'avez rien à craindre de ma part, monsieur de Salvatore, répondit Tilly d'un ton ironique. En revanche, je n'en dirais pas autant de mon ex-mari ! Encore que…

— Pardon ?

— Comment ma fille et vous-même vous êtes-vous rencontrés, monsieur de Salvatore ? s'enquit-elle de but en blanc.

Luca fronça les sourcils, de plus en plus mal à l'aise.

— Vous voulez dire récemment ? Ou bien avant ?

— Récemment, précisa Tilly.

Il n'avait pas pour habitude de se laisser ainsi interroger par des inconnus, mais ainsi qu'elle l'avait rappelé, les circonstances étaient des plus *extraordinaires*.

— Nous participions au même séminaire, au lac Garda, dit-il.

— Tiens donc…, murmura Tilly en fronçant les sourcils.

— Excusez-moi, mais je ne comprends pas ce que…

— Luca ?

Il se retourna vivement.

Annie se tenait devant la porte de la chambre. Elle était toujours aussi pâle, mais elle ne pleurait pas.

Il mourait d'envie de foncer dans cette chambre pour voir le petit garçon et s'installer près de lui, à son chevet…

Oliver.

Son fils.

Mais il n'avait pas le droit de bouleverser cet enfant après le choc qu'il venait de subir, et jamais Annie ne lui permettrait de…

— Maman, dit la jeune femme en se tournant vers

Tilly, Oliver s'est endormi dès que je lui ai promis qu'il me trouverait près de lui à son réveil. Luca et moi allons rester à son chevet. Tu veux faire une pause ?

Tilly hocha la tête.

— De toute façon, il faut que je rentre à la maison. Ton père sera heureux que je lui donne des nouvelles.

Luca ne parvenait plus à respirer. Son cœur semblait également avoir cessé de battre. Il se tenait là debout, devant un enfant endormi sur un lit d'hôpital beaucoup trop grand pour lui.

Naturellement, Oliver avait la tête enveloppée dans un gros bandage, mais ce que Luca voyait de ses boucles noires lui rappelait les photos qui le représentaient au même âge.

Les longs cils du petit se découpaient sur ses joues rondes. Mais Luca savait qu'il avait les yeux d'un bleu aussi intense que ceux de sa mère. Son visage avait encore la rondeur de celui d'un bébé, et son petit nez, sa petite bouche et son minuscule menton donnaient envie de le couvrir de baisers.

Il était vêtu d'un pyjama décoré de poneys, et ses mains potelées reposaient sur le drap bleu ciel…

Son fils.

Son adorable fils, en chair et en os !

Après l'avoir laissé seul un moment, Annie revint prendre sa place de l'autre côté du lit. Elle tremblait, mais cette fois, c'était de soulagement : elle avait enfin pu serrer Oliver dans ses bras.

Elle en aurait pleuré de joie… Car hormis quelques égratignures visibles sur le haut du front, Oliver ne souffrait d'aucune autre blessure. Le cuir chevelu avait beaucoup saigné, mais l'entaille qui lui valait les points de suture était très superficielle, d'après les médecins.

— Il est si petit, murmura Luca.

— Heureusement qu'il ne t'entend pas, répondit-elle avec un sourire.

Poussant un profond soupir, elle s'installa dans le fauteuil et prit doucement la main de son fils dans la sienne.

— A la maison, reprit-elle, Oliver se voit un peu comme l'homme de la famille. Il prend beaucoup de plaisir à nous donner des ordres, à sa grand-mère et à moi.

— Il tient de son père, répliqua fièrement Luca, avant d'ajouter plus doucement : Dis-m'en davantage à son sujet. Combien pesait-il, à la naissance ? A-t-il été un bébé plutôt sage ? Quand a-t-il fait sa première dent ? Et son premier pas ?

Il y avait tant de choses qu'il ignorait au sujet de son fils, tant de choses qu'il avait manquées…, songea Annie, le cœur serré. Parce qu'elle n'avait pas fait l'effort de le rechercher quatre ans et demi plus tôt, partant du principe qu'il ne voulait pas d'enfant.

Durant l'heure qui suivit, Annie fit de son mieux pour rattraper le temps perdu. Parfois interrompue par les allées et venues des infirmières, elle tenta néanmoins de rapporter à Luca tous les détails et anecdotes qu'elle gardait à la mémoire depuis la venue au monde de son fils.

— Quoi ? Il va à l'école municipale ? s'étonna Luca.

— Je t'ai déjà dit que je tenais à lui offrir une vie aussi normale que possible, expliqua-t-elle.

Il fronça les sourcils.

— Et cela implique qu'il fréquente les autres enfants du village ?

— Parfaitement ! se défendit-elle. Où veux-tu en venir ?

— Tu le sais très bien. Le simple fait qu'Oliver porte le nom de Balfour fait de lui un enfant à part, différent de ceux qui l'entourent.

— Ecoute, Luca, si tu essaies de commencer une nouvelle dispute, je…

— Pas du tout, assura-t-il. Ayant été confié à des nurses et à des précepteurs parce que j'étais l'héritier des Salvatore, j'approuve complètement ton choix de donner à Oliver une vie libérée de ce genre de contraintes et de restrictions.

Stupéfaite, elle le fixa longuement. Elle sursauta lorsqu'elle sentit sa main se poser sur la sienne.

— Oh…, lâcha-t-elle.

Il sourit.

— Tu ne t'attendais pas à cette réponse, n'est-ce pas ?

— En un mot ? Non.

Il hocha longuement la tête. Un silence pesa dans la pièce, mais il le rompit en faisant observer :

— Ta mère est très différente de ce que j'imaginais.

— Ne te laisse pas tromper par les apparences, répliqua-t-elle. Je peux t'assurer que ma mère est beaucoup plus intelligente que ce qu'elle laisse paraître.

— Tu crois qu'elle a deviné qui je suis ?

— Oh oui, soupira-t-elle. Mais de toute façon, au cas où elle aurait un doute, tout sera clair dès que tu décideras d'entamer ta bataille juridique.

A ces mots, il lui adressa un regard noir.

— Dois-je comprendre que tu as pris une décision irrévocable et que tu refuses ma demande en mariage ?

Annie se mordit la lèvre pour conserver son calme.

— Ce n'est pas une demande en mariage, articula-t-elle en s'efforçant de dominer sa rage.

— Bien sûr que si, je…

— Non, Luca ! Tu m'as lancé un ordre, comme tu le fais avec tout le monde : tu as exigé que je devienne ta femme et Oliver, ton fils. Point final. Sur un mode péremptoire et définitif, du genre : « Moi, Tarzan, toi, Jane. »

— *Moi, Tarzan, toi, Jane ?* répéta-t-il d'un ton si stupéfait qu'elle ne put réprimer un sourire.

— Je crois que le moment et le lieu sont mal choisis pour cette discussion, dit-elle.

Mais Luca la considérait d'un air horrifié et répétait tout bas :

— *Moi, Tarzan, toi, Jane…* C'est ainsi que tu me vois ?

— M'as-tu donné une seule bonne raison de te voir autrement ? se défendit-elle.

— Cet après-midi…

— C'était une erreur, coupa-t-elle.

Au souvenir de ce moment, le rouge lui monta aux joues.

— Une erreur agréable sur le moment, admit-elle, mais une erreur tout de même.

— Je ne suis pas d'accord.

— Luca, tu ne comprends donc pas qu'une relation physique entre nous ne fait que compliquer les choses ?

— Que veux-tu dire ? interrogea-t-il d'un ton menaçant.

— Je veux dire que nous ne nous aimons pas !

Elle sentait son cœur battre si fort qu'elle allait s'en trouver mal. Mais dans le regard brun de Luca, elle vit s'allumer une lueur dangereuse.

— L'amour peut venir avec le temps, dit-il tout bas.

— Non, répondit-elle. L'amour est là, ou bien il n'est pas là. Et dans notre cas, il n'y est pas.

Ou plutôt, il n'y était pas du côté de Luca, songea Annie avec amertume. Car en ce qui la concernait, hélas, c'était une autre histoire… Elle avait eu tout le temps d'y réfléchir, durant le vol du retour. Et elle savait que la force de ce qu'elle ressentait entre les bras de cet homme dépassait le plaisir charnel.

Durant ces deux derniers jours, tandis qu'ils se déchiraient, elle n'avait cessé de se sentir de plus en plus attirée par celui qui avait hanté toutes ses nuits depuis plus de quatre ans.

Ni son arrogance, ni sa froideur, ni son tempérament tyrannique n'avaient de prise sur les sentiments qu'elle nourrissait pour lui.

Elle l'aimait.

Follement. Passionnément.

Mais sans espoir de retour.

10.

— Ta mère est une femme adorable et très chaleureuse, fit remarquer Luca, tandis qu'ils se préparaient à se coucher dans les deux lits que l'hôpital avait mis à leur disposition afin qu'ils puissent passer la nuit auprès d'Oliver.

Ils avaient obtenu ce régime de faveur grâce au médecin chef, parce qu'il restait encore de très nombreuses chambres vacantes, cette nuit, dans ce pavillon de l'hôpital.

Annie songeait que sa mère était surtout une femme adorable… et manipulatrice ! Car au lieu de proposer à Luca de venir loger dans leur maison, voire à Balfour Manor, Tilly avait sournoisement suggéré qu'il pourrait rester *ici*, avec Annie.

« Il s'agit de circonstances exceptionnelles », avait-elle répété vingt fois, une étrange lueur dans les yeux.

Même si aucun des trois adultes n'avait osé évoquer le sujet, il était clair que le « secret » était bien éventé…

Agacée par cette situation, Annie faisait tout ce qu'elle pouvait pour se concentrer sur l'essentiel : ne souffrant d'aucun traumatisme, Oliver serait autorisé à rentrer chez lui dès le lendemain matin.

Mais au lieu de passer cette nuit tranquillement au côté de son fils, Annie allait devoir subir la présence de Luca…

Bien sûr, elle comprenait qu'il ait envie, lui aussi, de veiller sur son fils. Et puis, qu'y avait-il à redouter ? La folie de cet après-midi ne risquait pas de se reproduire dans une chambre d'hôpital où Oliver dormait, entre les deux lits jumeaux qu'ils allaient occuper…

Néanmoins, la force des sentiments que lui inspirait cet homme la bouleversait.

Subrepticement, elle jetait parfois un coup d'œil dans sa direction. L'avait-elle *toujours* aimé ?

Quatre ans et demi plus tôt, alors qu'elle n'avait aucune expérience des choses de l'amour, Luca l'avait littéralement subjuguée. Mais c'était au retour de la station de sports d'hiver qu'elle avait mesuré l'effet qu'il avait eu sur elle. Car durant cette nuit exceptionnelle, il lui avait fait perdre la tête. Elle s'était comportée d'une manière qui ne lui ressemblait pas du tout. Il avait métamorphosé la timide, la sage Annie en créature de feu, dévorée de désir.

Etait-il possible qu'elle soit inconsciemment restée amoureuse de lui durant tout ce temps ? En tout cas, elle n'avait jamais pu s'intéresser à un autre homme.

Elle se tourna discrètement vers Luca, qui posait son sac de voyage sur son lit pour y chercher des affaires.

Non… Le Luca de Salvatore d'aujourd'hui était un homme froid et calculateur, impitoyable, à l'opposé du jeune homme souriant et audacieux qu'elle avait croisé sur une piste de ski.

Pourtant, ses sentiments pour lui étaient les mêmes… Elle était donc retombée amoureuse de Luca de Salvatore au cours de ces derniers jours !

— Annie ?

Luca fronça les sourcils. Perdue dans ses pensées, la

jeune femme était si pâle qu'elle devait encore se faire un sang d'encre au sujet d'Oliver.

— Les médecins ont été très positifs, reprit-il d'un ton encourageant. Il est fort probable qu'Oliver soit en état de rentrer dès demain matin.

Les grands yeux bleus de la jeune femme se mirent à briller de colère.

— Quel sens du timing ! Tu es arrivé juste à temps pour pouvoir me l'enlever !

Il réprima un soupir. Elle semblait plus jeune, plus vulnérable que jamais, quand elle arborait cette expression agressive. Comme une tigresse protégeant son petit.

Dès qu'ils s'étaient retrouvés au lac Garda — et qu'il avait appris qu'elle était une Balfour —, il avait tiré des conclusions hâtives sur son caractère et sa personnalité. Il avait immédiatement douté de sa capacité à faire une bonne mère pour leur fils.

Mais en étant le témoin de sa détresse, cet après-midi, quand ils avaient appris l'accident d'Oliver, il avait reçu un véritable choc. Ensuite, il l'avait longuement observée, durant le voyage jusqu'en Angleterre. Il ne l'avait pas non plus quittée des yeux, depuis qu'ils se trouvaient dans cet hôpital. Et il savait que l'amour d'Annie pour son enfant était absolu. Oui, c'était un amour féroce, immense, invincible, qui rendait la jeune femme capable de le pulvériser, s'il tentait de lui prendre le petit garçon.

Mais à la seconde où il avait posé les yeux sur cet enfant, Luca avait ressenti un sentiment semblable. Lui aussi vouait à Oliver un amour démesuré, protecteur et infini.

— Maman ?

Luca se retourna vivement vers le lit de l'enfant, qui s'éveillait pour la première fois en sa présence. Le cœur battant, il vit alors s'ouvrir ces yeux d'un bleu méditerranéen, aussi doux que ceux de sa mère, qui se penchait sur lui.

— Bonsoir, mon amour, répondit-elle en s'asseyant délicatement au bord du lit pour lui sourire et caresser l'une de ses boucles noires. Comment te sens-tu ?

L'enfant fit la grimace.

— J'ai mal à la tête.

— Veux-tu que j'aille voir une infirmière pour qu'elle te donne un médicament qui t'aidera à avoir moins mal ? demanda-t-elle tendrement.

— Oui, maman, s'il te plaît.

Elle se redressa aussitôt, se tourna vers Luca et s'enquit :

— Veux-tu rester avec Oliver pendant que je vais chercher l'infirmière ?

Luca sentit aussitôt l'adrénaline fuser dans ses veines, mais il s'efforça de ne pas trahir son émotion et répondit simplement :

— Bien sûr.

— Mon chéri, reprit-elle en se penchant sur le petit, je te présente Luca. C'est… un ami à moi.

Oliver tourna un regard curieux vers lui.

— Bonjour, lança Luca, mal à l'aise.

— Bonjour, répondit Oliver d'un ton plus solennel.

Sa gorge se noua, l'empêchant de répondre aussi vite qu'il l'aurait voulu.

— Je… je suis très heureux de te rencontrer, Oliver, déclara-t-il enfin en s'asseyant au bord du lit.

Cette formule devait paraître bien formelle à un si petit garçon, songea-t-il aussitôt, furieux contre lui-même.

— C'est toi qui as emmené ma maman en Italie ? demanda tranquillement Oliver.

La jeune femme haussa le sourcil d'un air moqueur, comme si elle attendait avec impatience de voir comment Luca allait se tirer de ce mauvais pas.

— Je vis en Italie, expliqua-t-il.

— C'est vrai ? répliqua Oliver en écarquillant les yeux.

Luca acquiesça d'un hochement de tête.

— Je suis italien. Mon nom complet, c'est Luca de Salvatore.

« Et c'est également ton patronyme, car tu es mon fils. » Annie frissonna en songeant que Luca avait le pouvoir de faire cette déclaration. Incapable d'en écouter davantage, elle chuchota :

— Je reviens dans deux minutes.

Elle se força à sourire, et leur jeta un dernier regard avant de quitter la pièce.

Resté seul avec son fils, Luca sourit et reprit :

— J'ai cru comprendre que tu t'étais bagarré avec un cheval, aujourd'hui ?

— J'ai perdu ! s'exclama Oliver dans un grand sourire.

Luca rit.

— Oui, mais les médecins disent que tu vas avoir une petite cicatrice très distinguée, quand tu auras pris du repos.

L'enfant parut réfléchir à la question durant un moment, avant de répliquer d'un ton triste :

— Je ne voulais pas inquiéter maman.

— Oh, tu sais, les mamans sont toujours inquiètes, répondit Luca en lui souriant.

Mais Oliver secoua gravement la tête et lança :

— Ma maman rigole beaucoup, et elle fait tout le temps des sourires.

— Vraiment ?

L'enfant acquiesça.

— Mais pas quand elle doit partir pour le travail avec grand-père, bien sûr. Là, elle n'a pas l'air contente parce qu'elle n'aime pas partir.

« La vérité sort de la bouche des enfants », songea Luca, qui s'efforça néanmoins de sourire avec confiance.

— Mais là, elle n'est pas partie très longtemps, n'est-ce pas ?

Oliver haussa les épaules.

— Même quand ce n'est pas longtemps, elle n'aime pas ça.

Annie ne le lui avait-elle pas dit elle-même ? Elle avait expliqué qu'elle travaillait avec son père pour des raisons de commodité. Contrairement à ses sœurs, elle entendait gagner elle-même sa vie, même si elle devait exercer une activité qui ne lui plaisait pas…

Qu'aurait-elle fait de sa vie, si elle ne s'était pas retrouvée enceinte et seule, quatre ans et demi plus tôt ?

La tension de Luca était si palpable qu'Annie la perçut immédiatement, quand elle revint dans la pièce. Seigneur, de quoi diable avait-il pu parler avec Oliver, durant son absence ?

— J'ai apporté du café, dit-elle en posant deux gobelets sur une table.

Puis, elle revint au chevet de son fils et demanda, anxieuse :

— Alors, vous avez fait connaissance, pendant que j'étais sortie ?

Oliver lui sourit.

— Luca dit que je vais avoir une cicatrice très dis… disarguée, quand j'irai mieux.

— *Distinguée*, corrigea-t-elle en ignorant le regard intense que Luca posait sur elle, et qui la faisait vibrer de la tête aux pieds.

Oh, tout aurait été tellement plus simple, si elle avait été capable de le haïr ! Mais il fallait qu'elle soit retombée amoureuse de lui…

Quand une infirmière entra pour faire avaler à Oliver son médicament, ils durent se lever et se poster dans un coin de la chambre.

— Merci pour le café, chuchota Luca d'un ton bourru.

— Je t'en prie, répondit-elle distraitement, sans cesser de regarder son petit garçon qui riait avec l'infirmière.

Sa froideur dut déplaire à Luca, qui se raidit et lança :

— Tu préférerais que je ne reste pas ici cette nuit, n'est-ce pas ?

— Pourquoi ? Comment réagirais-tu, si je te disais que je préfère que tu partes ?

Luca sourit.

— Je respecterais ton choix et je m'en irais, bien sûr.

Stupéfaite, elle ouvrit de grands yeux.

— Vraiment ?

— Je ne suis pas un monstre, Annie, dit-il en la fixant droit dans les yeux.

— Je n'ai jamais dit que tu en étais un, se défendit-elle.

— Non. Mais tu l'as pensé.

Elle soupira et secoua la tête avant d'admettre :

— Peut-être.

Sans répondre, Luca se tourna vers Oliver et murmura :

— C'est un enfant adorable. Il est très beau.

— Oui, répondit-elle avec fierté.

— Et il a l'air d'être vif et plein de joie de vivre.

— Il l'est, confirma-t-elle.

— Et toi, visiblement, tu es une mère fantastique.

A ces mots, Annie sentit l'irritation monter de nouveau en elle.

— Ce qui ne t'empêchera pas de tenter de me l'enlever, n'est-ce pas ?

Luca la dévisagea froidement. Puis, il fronça les sourcils.

— Tu refuses toujours ma demande en mariage ? Tu

ne vois donc pas tout ce qu'Oliver aurait à gagner en vivant auprès de ses deux parents ?

— Non, si cela signifie que je dois t'épouser ! répliqua-t-elle d'un ton de défi. Et maintenant…

L'infirmière était prête à sortir.

— Je te prie de nous laisser, enchaîna-t-elle. J'aimerais rester seule avec Oliver jusqu'à ce qu'il s'endorme.

Retournant vers son fils, elle s'installa près de lui et lui murmura des paroles tendres, tout en le couvrant de baisers.

Luca restait seul, dans le coin de la pièce. Pour la première fois, la belle organisation de son existence semblait se dissoudre, pour laisser place au chaos et à l'incertitude.

Il n'avait aucune idée de ce qu'il convenait de faire.

Il s'était toujours dit qu'un jour, il se marierait, et que l'un de ses enfants reprendrait les rênes de l'entreprise familiale.

Aussi, en apprenant qu'il avait déjà un fils, il avait réfléchi de manière logique : il ne restait plus qu'à épouser la mère et à donner son nom à l'enfant.

Mais Annie ne voulait rien entendre de tout cela. Non seulement elle refusait de devenir sa femme, mais elle était prête à tout pour s'opposer à ce qu'il demande la garde de leur enfant.

Toutefois, Luca se savait plus puissant encore que les Balfour. Quatre ans et demi de labeur acharné lui avaient au moins garanti cela.

Oui, mais… Ce beau raisonnement ne fonctionnait qu'en théorie ; c'était un plan d'homme d'affaires qui ne s'embarrassait pas des émotions. Or, depuis qu'il avait posé les yeux sur son fils, il ne comprenait plus ce qui lui arrivait. Des sentiments d'une force inouïe s'emparaient de lui, et il sentait s'épanouir en lui, pour Oliver, un amour tout aussi intense que celui d'Annie.

Quant au petit garçon, il était clair qu'il vouait une adoration infinie à sa mère. Cela n'avait rien d'étonnant, puisqu'elle lui avait offert toute sa tendresse depuis le jour de sa naissance.

Luca devait-il devenir celui qui allait les séparer ? Pouvait-il réellement commettre une telle atrocité ?

En même temps, il n'avait jamais permis aux sentiments de s'infiltrer dans sa vie au point de le contraindre à revoir ses plans et ses ambitions. Les émotions n'étaient rien d'autre que du poison pur, dans l'univers logique au sein duquel il évoluait. Peut-être… mais en ce moment, une émotion foudroyante lui broyait le cœur. Une émotion qui brisait la carapace derrière laquelle il s'abritait depuis qu'il avait manqué détruire l'empire de son père.

Et il savait déjà que cette nuit, en dormant près de son enfant et de la femme qui le repoussait avec colère, il ne parviendrait pas à juguler cette émotion.

Elle l'avait déjà submergé.

11.

— Je parie qu'en ce moment même, il est en train de comploter avec son avocat pout trouver le moyen le plus efficace de m'enlever Oliver ! s'exclama Annie avec fureur, le lendemain matin, tout en faisant les cent pas dans la maison de gardien de Balfour Manor.

Comme promis, Oliver avait été autorisé à quitter l'hôpital. Et quelques heures plus tôt, Luca les avait conduits lui-même jusqu'ici.

Il avait même porté l'enfant vers sa chambre, pour le coucher, avant de prétexter un rendez-vous d'affaires urgent pour disparaître… Annie savait très bien de quel genre de rendez-vous il était question ! La veille encore, il ignorait qu'il se trouverait en Angleterre aujourd'hui. « Un rendez-vous d'affaires » ! La prenait-il pour une idiote ?

— Tu as peut-être mal compris, ma chérie ? suggéra Tilly, visiblement déconcertée par l'emportement de sa fille.

— Oh, maman, ne sois pas si naïve ! Tu as toi-même été mariée durant quatre ans à un tyran domestique !

— Annie, je ne te permets pas de parler de ton père ainsi, protesta sa mère. De plus, Oscar n'a jamais menacé de me prendre mes enfants quand nous avons divorcé.

— Mais c'est seulement parce qu'il n'aurait pas su

comment s'occuper de six filles ! s'écria-t-elle avec cynisme.

Une nouvelle fois, Tilly lui décocha un regard sévère.

— Annie, ton père est un homme foncièrement bon. Tu es bien placée pour savoir qu'il adore ses enfants... Et c'est mon meilleur ami.

Annie soupira.

— Je sais, maman, je sais... Ecoute, je suis désolée. Je ne voulais vraiment pas me montrer désagréable, et encore moins te mettre en colère. Mais c'est seulement que...

Elle secoua tristement la tête et enchaîna :

— Je t'assure qu'il n'y a aucun malentendu : Luca s'est montré très clair quand il m'a donné le choix entre le mariage ou un procès pour m'enlever la garde de mon fils.

— Mais jamais Oscar ne permettra que...

— Je ne vois vraiment pas comment nous pourrions l'en empêcher, puisque Luca est le père d'Oliver, coupa-t-elle. Ils se ressemblent comme deux gouttes d'eau.

Après une nuit blanche, elle se sentait totalement abattue, et en même temps, le jouet d'une rage incontrôlable.

Oh, bien sûr, elle appréciait les encouragements de sa mère, et elle ne pouvait lui reprocher de se montrer optimisme en toute circonstance ! Mais elle avait vu le regard de Luca, au moment où il découvrait son fils. Elle savait qu'il l'aimait déjà. Et connaissant sa détermination impitoyable, elle ne doutait pas qu'il lève une armée entière d'avocats pour récupérer Oliver.

Ne restait donc qu'une possibilité : un mariage forcé, sans amour. Ce mariage auquel elle s'opposait farouchement depuis plus de trois jours, et qui lui paraissait aussi effroyable que les flammes de l'enfer.

Comment supporterait-elle de vivre auprès d'un homme qu'elle aimait follement, et qui n'avait pour elle que mépris ? Comment pourrait-elle se lever chaque matin et aborder une nouvelle journée de souffrances, sans rien montrer dc son malheur à son fils ?

— C'est vrai, lança Tilly. Et justement, je voulais te demander comment diable tu as rencontré Luca de Salvatore. Et comment, ensuite…

— Comment j'ai couché avec lui ? répliqua-t-elle. Il ne s'agit que de malchance, maman.

— Ce n'est pas la description la plus flatteuse qu'il m'ait été donné d'entendre de mes talents dans un lit.

Mortifiée, Annie fit volte-face et vit Luca sur le seuil du salon. Il traversa aussitôt la pièce dans leur direction.

— Madame Williams, dit-il d'un ton galant, en portant la main de sa mère à ses lèvres. Puis-je me permettre de vous demander de nous laisser seuls, Annie et moi ?

Luca fixait Annie. Ses yeux cernés et son teint pâle lui confirmaient qu'elle n'avait pas davantage trouvé le sommeil que lui, la nuit précédente.

Tilly hocha la tête, mais Annie vint se poster près d'elle avant de fusiller Luca du regard.

— Je n'ai rien à te dire !

— Mais moi, si, répliqua-t-il. Il y a deux ou trois choses dont je tiens à te parler. *En privé.*

Elle haussa les épaules.

— J'ai déjà averti ma mère que tu avais l'intention de faire appel à la justice pour demander la garde d'Oliver.

— Je n'ai pas l'intention de faire cela, répliqua-t-il fermement.

A ces mots, la jeune femme lui retourna un regard méfiant.

— Tu t'imagines encore que tu vas me forcer à t'épouser ?

— Non. Je ne m'imagine plus rien de la sorte non plus.

Les yeux d'Annie s'écarquillèrent.

— Mais alors…

— Voulez-vous nous laisser un moment, madame Williams ? reprit Luca en souriant.

— Certainement, répondit Tilly d'une voix douce. Ma chérie, je serai dans la véranda.

Elle sourit à sa fille et s'éclipsa.

Luca était seul avec elle.

Seul avec une femme dont le regard d'un bleu pur lançait des éclairs.

— Mais je ne comprends pas, murmura Annie, perplexe.

Luca prétendait qu'il avait renoncé à exiger la garde d'Oliver, comme à la forcer à devenir sa femme... Alors, quel plan machiavélique avait-il conçu, cette fois ? Il n'espérait tout de même pas qu'elle irait s'installer à Rome avec Oliver ?

Haussant les épaules d'un air détaché, il répondit :

— Dis-moi, Annie : comment aurais-tu réagi, lorsque nous nous sommes retrouvés au lac Garda, si Oliver n'avait pas existé ?

Elle rougit en fronçant les sourcils.

— Je ne comprends pas le sens de ta question, Luca. A tes yeux, je suis l'une des scandaleuses sœurs Balfour qui font la une des tabloïds.

Luca leva les yeux au ciel et poussa un profond soupir.

— Je te demande comment *toi*, tu aurais réagi en me revoyant, si Oliver n'avait pas été là.

Annie n'avait pas besoin de réfléchir. La réponse était évidente. Avant d'être enceinte d'Oliver, elle était tombée éperdument amoureuse de Luca. Par conséquent, elle aurait « réagi » comme elle l'avait fait quatre ans et demi plus tôt. Telle la reine des imbéciles, elle serait tombée dans ses bras.

— Je regrette, lâcha-t-elle froidement, mais je ne

peux pas me représenter un monde dans lequel Oliver n'existerait pas.

Luca hocha la tête et observa un long silence.

— Oliver est vraiment un enfant merveilleux, dit-il enfin.

— Oui.

— Grâce à toi, ajouta-t-il.

— Pas seulement. Grâce à ma mère, grâce à Oscar… Et contrairement à ce que tu crois, grâce à mes sœurs aussi.

Luca ne répondit pas. Il s'était montré injuste envers Annie, et depuis qu'il connaissait Tilly Williams, il était tout prêt à croire qu'il avait fait fausse route sur toute la famille. Ses préjugés à l'égard des Balfour avaient produit bien des dégâts.

— Mais tu ne réponds toujours pas à ma question, reprit-il.

— Ce que j'aurais ressenti en te retrouvant au lac Garda si tu ne m'avais pas mise enceinte il y a quatre ans et demi ? répliqua-t-elle. Eh bien, voyons…

Elle prit une moue moqueuse et fit mine de réfléchir.

— Voyons, enchaîna-t-elle, je tombe sur un Italien sexy et fou sur une piste de ski, et je…

— Sexy et fou ? répéta-t-il, stupéfait.

— Sexy et fou, confirma-t-elle d'un ton ferme, se rappelant très bien comment Luca lui était apparu sur le moment. Nous descendons ensemble une piste noire. Il m'invite dans son chalet pour prendre un verre. Nous passons la nuit ensemble. Le lendemain, dans l'après-midi, nous nous séparons, mais nous devons nous retrouver pour dîner le soir même. Et alors… Pfuit ! Le bel Italien s'est volatilisé.

Elle en tremblait encore de douleur et d'humiliation. Seigneur, elle l'avait attendu le cœur battant, dans ce restaurant, persuadée de retrouver celui qui venait de lui faire vivre les moments les plus magiques de toute sa vie… Durant plus d'une heure, elle était restée assise là, certaine qu'il la rejoindrait. Certaine qu'il avait été retenu par un contretemps quelconque…

Et le contretemps avait duré *quatre ans et demi* !

Luca secoua la tête.

— J'ai une très bonne raison de ne pas avoir pu te rejoindre, ce soir-là, et…

— Oh, j'en suis certaine ! coupa-t-elle, ivre de colère. Attends, laisse-moi deviner : il y avait un match à la télé. Ou alors, tu as trouvé une autre idiote sur les pistes, à qui tu as proposé de boire un verre chez toi !

Son cœur battait trop vite, ses joues la brûlaient, et elle avait conscience de trahir la honte qui la submergeait depuis des années. La honte de n'avoir été qu'une proie trop facile pour lui. Il lui avait suffi d'un ou deux sourires irrésistibles, pour qu'elle oublie tout et qu'elle lui offre sa virginité…

Rejetant ces pensées déplaisantes, elle le défia du regard et reprit d'un ton plus froid :

— A ton avis, qu'ai-je bien pu ressentir en retrouvant cet homme-là il y a trois jours ? Rien d'autre que l'envie de gifler son visage arrogant !

Luca retint son souffle. Il méritait toutes ces accusations ; à l'époque, il s'était comporté comme un authentique mufle. C'était même pire encore, si l'on songeait que de leur nuit ensemble était né un enfant. Un enfant dont Annie s'était occupée seule, car elle n'avait pas le choix, puisque Luca avait disparu…

Il serra la mâchoire.

— Je te dois une explication pour m'être volatilisé ce jour-là, sans même avoir transmis un message au restaurant.

— C'est *beaucoup* trop tard ! s'indigna-t-elle. Et de toute façon, quelle différence ? En supposant que tu sois venu me retrouver au restaurant, ce soir-là, que serait-il arrivé ? Dans le meilleur des cas, nous aurions passé les derniers jours de vacances ensemble, mais je serais tout de même rentrée en Angleterre. Et peut-être même que ce soir-là, durant le dîner, nous aurions découvert que nous n'avions rien en commun, et nous ne nous serions jamais revus.

Elle prit une longue inspiration, haussa les épaules et ajouta :

— Ta méthode a été brutale, c'est certain, mais tu as eu raison de mettre fin à notre relation. Elle ne menait nulle part.

Il la dévisagea d'un air horrifié.

— Si tu avais fait un effort pour me retrouver, après cela, tu aurais au moins connu le nom du père de ton enfant !

— Bon, admit-elle froidement. J'aurais su ton nom. Mais cela n'aurait rien changé à la décision que j'ai prise quand j'ai appris que j'étais enceinte.

Luca parut stupéfait.

— Tu ne me l'aurais toujours pas dit ?

— Non, je ne te l'aurais pas dit !

— Pourquoi pas ?

— Oh, mon Dieu, Luca, pour l'amour du ciel ! s'écria-t-elle. Parce que nous aurions eu alors la même dispute que celle qui nous oppose maintenant ! Tu aurais exigé que je t'épouse, ou menacé de m'enlever mon fils ! Mais sache que je me battrai de toutes mes forces pour t'empêcher de remporter cette bataille. Tu n'auras pas gain de cause ! Et tu ne me convaincras pas non plus d'épouser un homme uniquement parce qu'il est le père de mon fils.

— Annie… Je t'ai déjà dit qu'il n'y aurait pas de guerre au sujet de la garde d'Oliver, rétorqua-t-il.

— Oui, mais seulement parce que tu crois pouvoir me contraindre à t'épouser !

Luca poussa un profond soupir, et arrima son regard à celui de la jeune femme.

— Non, répondit-il calmement. Tu m'as convaincu de ta détermination sur ce point également. Mais cette conversation deviendrait un peu plus constructive si tu cessais d'être sur la défensive à chaque instant.

— C'est ainsi que je me sens obligée de me comporter en ta présence, Luca, opposa-t-elle.

Elle avait raison, songea Luca. Annie avait d'excellentes raisons de se comporter ainsi.

— Pourquoi as-tu suivi des études de littérature ? demanda-t-il. Cela n'a rien à voir avec les diplômes dont tu avais besoin pour travailler auprès de ton père.

— En effet, admit-elle sèchement, en se laissant tomber dans un fauteuil.

Comme il venait s'installer face à elle, elle enchaîna :

— Je ne savais pas encore quel métier je voulais exercer. Peut-être enseignante. Mais la littérature est ma grande passion. Je crois que j'aurais également aimé être la Jane Austen du XXIe siècle.

Luca haussa les sourcils.

— Tu aurais voulu enseigner et écrire des romans ?

Elle lui décocha un regard méfiant.

— Oui. Mais mon père a jugé qu'il était temps de m'intégrer à l'équipe dirigeante de son empire, alors j'ai travaillé durant un an à temps partiel, tout en préparant un diplôme de management.

— Hum. Je suis sûr que tu ne manques pas de talent, dans ce domaine.

Il semblait sincère…, remarqua Annie avec méfiance. Cela n'avait rien d'un sarcasme. Pensait-il l'amadouer par la flatterie ?

— Possible, admit-elle en haussant les épaules.

Oui, je suis capable de remplir les missions que l'on me confie…

— Mais ?

Elle soupira.

— Mais ce n'est vraiment pas la vision que j'avais de mon avenir, quand j'avais dix-huit ans.

Luca sourit.

— Oui, admit-il. Mais je parie qu'à dix-huit ans, tu étais loin de te douter que tu serais mère célibataire trois ans plus tard !

Annie sourit.

— Tu sais, je n'ai jamais regretté d'avoir eu Oliver. Pas même une minute. Pas même quand il a hurlé quarante-huit heures d'affilée, parce que plusieurs dents lui poussaient en même temps.

Luca l'admirait. Elle avait été si forte ! Et il savait qu'elle était sincère. Même dans les moments les plus pénibles pour une jeune mère, elle avait offert une tendresse infinie à leur fils.

— Et si tu pouvais avoir les deux ? demanda-t-il avec douceur. Si tu avais la possibilité d'être une mère au foyer pour Oliver quand tu le souhaites, mais de réaliser aussi tes rêves : enseigner et écrire ?

— Ce que je pourrais faire si je t'épousais, sans nul doute, dit-elle d'un ton sarcastique.

— Exactement, répliqua-t-il avec un sourire amusé. Mais nous avons déjà fait une croix sur cette option, n'est-ce pas ?

— Moi, oui, mais je ne suis pas sûre que ce soit ton cas.

Luca avait perçu un accent d'inquiétude, dans sa voix.

— Ecoute, Annie, déclara-t-il, je suis allé voir mon avocat à Londres, ce matin, parce que je voulais qu'il prépare tous les documents nécessaires…

— Je le savais ! le coupa-t-elle en pointant vers lui

un index accusateur. C'est ce que tu manigançais depuis le début, n'est-ce pas ? Tu as engagé un détective privé, pour qu'il trouve je ne sais quelle histoire dont tu te servirais contre moi ! Soit dit en passant, je me demande ce qu'il aura pu trouver, parce que je vis comme une nonne depuis quatre ans ! Mais tu as l'intention de me contraindre ainsi à signer un abandon définitif de la garde d'Oliver… Eh bien, crois-moi, je ne signerai rien du tout, Luca ! Ni maintenant, ni jamais !

Luca ne doutait nullement de l'intensité de la colère d'Annie, dont les yeux brillaient de rage. Néanmoins, il ne lui avait pas échappé qu'elle disait avoir vécu « comme une nonne » depuis la naissance de leur enfant… Ce qui lui apportait la preuve que ce qu'ils avaient vécu la veille, avant le coup de téléphone de Tilly, était miraculeux.

Secouant tristement la tête, il murmura :

— Une nouvelle fois, tu choisis de ne rien comprendre à ce que je te dis…

— J'en doute.

— Les documents que j'ai prié mon avocat de rédiger stipulent, au contraire, que tu as la garde exclusive d'Oliver, et que je suis autorisé à lui rendre visite *uniquement* si toi, sa mère, consens à me le permettre.

Décontenancée, Annie le dévisagea longuement. Elle n'en croyait pas ses oreilles.

— Ils précisent aussi, enchaîna-t-il, dans quelle mesure je pourrais subvenir à tes besoins et à ceux d'Oliver au cas où tu souhaiterais un jour cesser de travailler ou reprendre des études.

Non, ce n'était pas possible… Elle rêvait !

— Je ne comprends pas, murmura-t-elle, sidérée.

12.

Luca ajouta :

— Je vais vous verser une pension, à toi et à Oliver, et je ne demande pas sa garde.

— Mais… mais pourquoi ? balbutia-t-elle en battant plusieurs fois des cils.

— Parce que c'est la seule chose à faire, répondit-il. Parce que je ne pense plus avoir le droit de t'enlever Oliver.

Il sentit tout son corps se tendre, mais poursuivit :

— Jusqu'à ce que je voie Oliver, hier, le fait d'être père était quelque chose d'abstrait, pour moi. A mes yeux, il était mon héritier. Mais hier, j'ai vu qui il était : un petit garçon, avec des sentiments et des besoins bien à lui. Je vous ai observés, tous les deux, j'ai vu le lien très spécial qui vous unissait, et je mesure les sacrifices que tu as faits dans son intérêt. Je comprends aussi que je n'ai pas le droit de vous séparer. En fait, j'ai perdu tous les droits que j'aurais pu avoir il y a quatre ans et demi, quand j'ai disparu si brutalement de ta vie, en te laissant porter seule la responsabilité de cette nuit passée ensemble.

Un flux d'émotions contradictoires montait en elle, et Annie se sentit bouleversée. Avant tout, il y avait le soulagement. Le soulagement immense de savoir que Luca ne lui enlèverait pas son bébé, et qu'il n'allait pas non plus la forcer à l'épouser. Mais il y avait aussi une douleur, un chagrin abyssal… Car Luca était déjà prêt à sortir de leur vie à tous les deux. Une seconde fois. Elle ne le verrait plus que de temps à autre, quand il viendrait prendre Oliver pour des vacances en Italie, ou quand il le ramènerait…

Ce n'était peut-être pas le pire. Car elle le verrait aussi se marier et fonder sa propre famille. Il aurait d'autres enfants avec une autre femme, ils vieilliraient ensemble…

Après avoir dégluti avec peine, elle murmura :

— Tu… tu as dit que tu avais eu une bonne raison de disparaître, ce soir-là.

Il hocha la tête.

— Disons qu'à l'époque, j'ai considéré que c'était une bonne raison. Mais j'admets volontiers qu'elle n'est pas recevable, étant donné ce que tu as enduré, uniquement parce que ton « Italien sexy et fou » était aussi très égoïste.

— Je n'ai jamais considéré que j'avais enduré quoi que ce soit de pénible parce que j'étais enceinte d'Oliver, opposa-t-elle. Au contraire ! J'ai eu beaucoup de chance. Il ne m'a offert que du bonheur, de la joie et de la tendresse, et c'est la plus belle expérience de toute ma vie.

Devant son air embarrassé, elle reprit avec douceur :

— Alors, pourquoi n'es-tu pas venu au restaurant ce soir-là, Luca ?

Il poussa un profond soupir.

— Que puis-je répondre à cela ? Tu as raison de me décrire comme « fou ». C'est ce que j'étais, à l'époque. Follement irresponsable. Et comme je te l'ai dit, mon irresponsabilité a failli détruire l'empire financier de mon père. C'est en découvrant les erreurs catastrophiques que j'avais commises qu'il a fait une crise cardiaque.

Annie sentit son cœur se serrer atrocement.

— Tu… tu veux dire qu'il a fait une crise cardiaque… ce jour-là ?

Suspendue à ses lèvres, elle sentit une douleur aiguë irradier son cœur quand il hocha la tête.

— Oui, durant l'après-midi. J'avais quitté Rome quelques jours plus tôt, laissant mon père se débrouiller avec les conséquences de mes erreurs. Je n'étais qu'un lâche, un ingrat, un fils à papa trop gâté… Et j'ai failli le tuer.

En un éclair, Annie comprenait tout. C'était comme si la personnalité de Luca s'éclairait d'un jour nouveau, et comme si quelque chose de très précieux lui était rendu…

Oh, Seigneur, elle avait tellement honte de l'avoir si mal jugé ! Comment aurait-il pu faire autrement que se précipiter au chevet de son père ? A sa place, elle aurait agi de la même manière !

Et la suite devenait tout aussi limpide… Dévoré de culpabilité, Luca s'était mué en machine à travailler, pour redresser l'entreprise familiale et payer sa dette. Elle ne comprenait que trop bien ce qu'il avait dû ressentir, en renonçant à la vie facile et divertissante qui était la sienne, pour se conformer à ce que l'on attendait de lui…

Car elle était passée par la même expérience, en se mettant au service d'Oscar Balfour.

— Mais alors, demanda-t-elle avec une infinie douceur, si c'était aujourd'hui, tu viendrais me retrouver au restaurant ?

Luca fronça les sourcils, visiblement perdu.

— Comment ?

— Si j'étais d'accord pour dîner avec toi, reprit-elle, tu viendrais me rejoindre au restaurant ?

Luca lui adressa un regard indéchiffrable et afficha un pâle sourire.

— Tu ne peux pas t'imaginer à quel point je regrette de ne pas avoir été là, avec toi, ce soir-là.

Annie sentait son cœur battre de plus en plus fort. Oh, elle l'aimait tant… Et elle aurait tant voulu savoir ce que cachait cet intense regard noir !

— Et toi ? demanda-t-il. Tu accepterais de dîner avec moi ?

— Eh bien, si c'était seulement pour que nous parlions ensemble d'Oliver, je…

— Oh, je serais vraiment heureux de t'entendre me parler d'Oliver des soirées entières ! la coupa-t-il. Mais, euh… Ce que j'aimerais aussi, c'est ne pas parler de lui. Passer du temps avec toi, Annie. Apprendre à mieux te connaître. Te donner également l'occasion de mieux me connaître. Tu sais, tu as mis mon univers sens dessus dessous, ces derniers jours.

— A cause d'Oliver…

— Non, non, pas à cause d'Oliver ! insista Luca.

Bon sang, comment pouvait-il expliquer tout cela à Annie ? Comment parviendrait-il à lui faire comprendre ce qu'il avait découvert en lui, lors de cette nuit passée à l'hôpital ?

C'était elle, et elle seule, qui avait opéré ces changements dans son âme. Parce que depuis le moment où ils s'étaient retrouvés, elle avait détruit la barrière qu'il érigeait autour de son cœur depuis des années. Et maintenant que ses émotions le débordaient, maintenant qu'il se sentait si vulnérable, il ne savait plus comment réagir.

Mais de toutes ses forces, il fallait qu'il essaie — ou plutôt qu'il réussisse — à lui faire comprendre tout cela, s'il ne voulait pas la perdre.

— Annie, mon invitation à dîner n'aurait rien à voir avec Oliver, déclara-t-il. Ce que je te demande, c'est de m'accorder une chance de… de te faire la cour. De la manière la plus « vieux jeu » qui soit !

A ces mots, elle resta immobile.

— Pourquoi ? dit-elle dans un souffle.

Luca prit une longue inspiration et se décida à risquer le tout pour le tout.

— Parce que je t'aime. Parce que depuis que je t'ai

retrouvée, je t'admire plus que n'importe quelle autre femme sur terre. Parce que l'idée de te voir sortir de ma vie est tellement insupportable qu'elle suffirait à me détruire !

Il serrait si fort les poings qu'il avait l'impression qu'il allait finir par imploser.

Annie ne pouvait détacher les yeux du visage tendu de Luca. Une émotion indicible l'étranglait, et déjà, les larmes lui brouillaient la vue.

Il l'avait dit.

Luca l'aimait !

Et elle parvenait à peine à y croire.

Comment était-il possible qu'au cours des jours terribles qu'ils venaient de vivre, Luca soit tombé amoureux d'elle ? Elle s'était montrée si dure, avec lui... Si injuste ! Non seulement il n'avait rien à se reprocher concernant la soirée où elle l'avait attendu en vain dans ce restaurant, mais elle prenait conscience qu'il vouait un amour profond à Oliver, et qu'il était prêt à tous les sacrifices pour le bonheur de son enfant...

— Tu es sûr que cela n'a rien à voir avec Oliver ? demanda-t-elle, abasourdie.

— Tu ne vois donc pas que je te le prouve en te donnant, de ma propre initiative, sa garde exclusive ? Tu ne comprends donc pas que je le fais pour toi ? Parce que je ne supporte pas l'idée que tu souffres par ma faute. Annie, je...

Incapable de résister plus longtemps, elle se précipita dans ses bras et l'embrassa passionnément, tandis que des larmes roulaient sur ses joues.

Elle sentit alors ses bras puissants s'enrouler autour d'elle, et elle se hissa sur la pointe des pieds pour glisser les mains dans les cheveux de l'homme qu'elle aimait si follement depuis quatre ans et demi.

— Annie, chuchota-t-il soudain en plongeant son

regard dans le sien, je suis désolé de m'être comporté de cette façon avec toi.

— Vraiment ? riposta-t-elle d'un ton moqueur, entre ses larmes de joie. *Vraiment* désolé ?

— Oui, vraiment.

Elle effleura ses lèvres des siennes, avant de déposer une myriade de baisers dans son cou et de murmurer :

— Alors, comment comptes-tu te faire pardonner ?

A ces mots, il la saisit par les épaules pour la dévisager, une lueur d'espoir dans les yeux.

— Ça veut dire que tu vas me laisser te faire la cour ? Tu vas me laisser te montrer à quel point je t'aime ?

— Oh oui ! s'exclama-t-elle en riant. Où tu voudras, quand tu voudras !

Car à présent, elle savait qu'il l'aimait. Elle le lisait dans son regard, et elle le sentait dans ses baisers.

Mais il avait repris une expression très solennelle, et il déclara :

— Annie, je ne veux pas seulement faire l'amour avec toi. Je veux que tu deviennes ma femme.

— C'est la raison pour laquelle une cour « vieux jeu » ne me paraît pas très appropriée, répondit-elle. Oh, Luc... Tu n'as pas besoin de me faire la cour ! Je t'aime, et rien ne pourrait me rendre plus heureuse que de t'épouser !

Luca parut pétrifié. Mais après être resté sans voix quelques secondes, il arrima son regard au sien, la plaqua plus étroitement contre lui et l'embrassa avec fougue.

Plus jamais elle n'aurait à lui cacher ce qu'elle éprouvait pour lui, songea-t-elle, le cœur battant. Et elle comptait même lui répéter sans cesse qu'elle l'aimait, tandis qu'ils feraient l'amour, encore et encore...

Car c'était ce qu'ils voulaient tous les deux, et ce qu'ils ne cesseraient jamais de vouloir.

Epilogue

Deux semaines plus tard

Annie se retourna vers son père, assis près d'elle dans une chaise longue de la villa, au beau milieu des vignobles vénitiens.

— Souris, papa !

Tous deux regardaient Luca qui, au milieu de la piscine, apprenait à nager à Oliver. Les bras protégés par des bouées, l'enfant riait aux éclats, fier de ses exploits.

Oscar leur avait laissé profiter d'un peu de temps à trois, avant de les rejoindre pour annoncer officiellement les fiançailles d'Annie et de Luca.

— Allez, insista-t-elle, dis-toi que tu gagnes un fils, au lieu de perdre une fille !

— Oh, je ne me plains pas d'avoir Luca de Salvatore pour gendre, assura Oscar, avant de lui décocher un clin d'œil complice. C'est même exactement ce que j'espérais, en t'envoyant suivre ce séminaire au lac Garda…

— *Quoi ?*

Annie le dévisagea avec stupeur.

Son père lui prit aussitôt la main et ajouta :

— Tu ne pensais tout de même pas que j'allais me résigner à ce que tu ne me dises jamais le nom du père de mon petit-fils ?

— Durant tout ce temps, articula-t-elle lentement, tu *savais* que Luca était le père d'Oliver ?

Oscar haussa les épaules.

— Mon enquête m'a seulement conduit à constater qu'il se trouvait dans cette station de ski en même temps que toi. Puis je l'ai croisé, quelque temps plus tard, dans un restaurant de New York, et… Oliver est son portrait vivant, tu ne trouves pas ?

Il posa un regard plein d'amour sur son petit-fils, qui se laissait couvrir de baisers par Luca en riant aux éclats.

Oh, Annie aurait dû s'en douter… Oui, elle aurait dû deviner bien plus tôt que son père avait une raison précise de l'envoyer suivre ce séminaire !

— Tu ne m'en veux pas de m'en être mêlé, n'est-ce pas, Annie ? demanda-t-il. Après tout, j'ai seulement fait en sorte que vous puissiez vous retrouver. Le reste n'appartient qu'à vous deux.

Comment aurait-elle pu en vouloir à son père, alors qu'elle connaissait le bonheur parfait depuis deux semaines ? Elle était follement amoureuse de Luca, plus que jamais… Et il lui prouvait à chaque instant qu'il l'aimait avec la même ferveur.

Quant à leur fils, il n'avait jamais semblé aussi épanoui. Et elle était certaine qu'ils voueraient une adoration aussi intense à tous les autres enfants qu'ils auraient…

— Maman, viens avec nous ! cria Oliver. Papa veut voir si tu sais nager aussi !

Annie éclata de rire et sentit son cœur fondre de joie. En quelques jours, Oliver s'était mis à appeler Luca « papa », et elle en était aussi émue que lui.

— Vas-y ! l'encouragea Oscar, comme elle se retournait vers lui, indécise.

Il n'y avait plus à hésiter.

Elle courut, se jeta à l'eau et nagea en riant en direction de l'homme qui serait bientôt son mari, et de son fils adoré.

A peine les eut-elle rejoints que Luca la saisit par la taille pour l'embrasser.

Elle avait affronté ses peurs, songea-t-elle. Et ce qu'elle avait découvert… C'était Luca. L'homme qu'elle allait aimer pour le restant de ses jours, et qui lui rendait follement cet amour.

L'héritage des Balfour

Tournez vite la page et découvrez, en avant-première, un extrait du septième roman de votre saga Azur, à paraître le 1er septembre…

… ainsi que d'autres surprises qui vous aideront à percer les secrets de la famille Balfour.

Du sable, du sable et encore du sable.

Décidément, à moins de la mettre de force dans une fusée pour l'expédier sur la lune, son père n'aurait pu lui trouver une destination plus désertique… D'ailleurs, s'il en avait eu la possibilité, nul doute qu'il aurait signé le chèque à la NASA, songea Bella, amère, avant de balayer du regard l'étendue vide qui la cernait. Elle recroquevilla ses orteils nus dans le sable tendre.

Au fond, à bien y réfléchir, elle était peut-être sur la lune. Ou sur Mars, la planète rouge.

Pourquoi diable l'envoyer faire une retraite en plein désert ?

Pourquoi pas plutôt un spa de la Cinquième Avenue, à New York ?

— Bella ?

En entendant son prénom, elle laissa échapper un gémissement. Oh, non… Déjà ? L'aube se levait à peine.

De mauvais gré, elle se retourna.

Il n'y était pour rien, se rappela-t-elle aussitôt. Et il était injuste de retourner son exaspération contre lui.

— Déjà prêt, Atif ? répondit-elle.

Il était vêtu d'une robe blanche très simple, dont le tissu brillait sous les premiers rayons du soleil.

— Je médite toujours, avant l'aube, expliqua-t-il.

Bella réprima un long bâillement.

— Ah ? Personnellement, je préfère commencer ma journée avec une bonne tasse de café noir.

— Tu peux bien mieux commencer ta journée en rendant grâce à ce qui t'entoure. Il n'y a rien de plus apaisant que de contempler le lever du soleil dans le désert. Tu ne trouves pas que ces lieux sont emplis de sérénité ?

— Euh, honnêtement ? Je crois que cet endroit est en train de me rendre folle. Tu en es vraiment le propriétaire ?

— Je suis seulement de passage, répondit-il avec le même calme. Quand je me sentirai prêt, je partirai.

— Eh bien moi, je partirais dans les deux minutes, si je pouvais ! Il y a deux semaines que je suis ici, et j'ai l'impression que c'est une condamnation à perpétuité.

Comment son père avait-il pu lui faire ça ? A cause de lui, elle était isolée du monde entier. De surcroît, à un moment où elle avait tout particulièrement besoin de chaleur humaine.

Car la découverte qui l'avait bouleversée, deux semaines plus tôt, avait agi comme un courant d'air furieux traversant son âme, la laissant exsangue, vide et stupéfaite. La personne qu'elle était jusqu'à cette nuit-là avait définitivement disparu. De même que la naïveté dont elle s'était nourrie depuis toujours.

Les regrets la submergeaient.

« Tu n'aurais jamais dû regarder, Bella », se disait-elle. Comme Pandore, elle avait ouvert une boîte infernale. Et le temps était venu d'en payer le prix.

— Tu te laisses broyer par tes émotions comme la proie d'un faucon, observa soudain Atif, qui la fixait de ce regard serein qu'il adoptait à chacune de leurs sessions. Tu es en colère, mais ton père t'a envoyée ici dans ton seul intérêt.

— Il m'a envoyée ici pour me punir et parce que je le gênais, riposta-t-elle en frissonnant.

Comment parvenait-elle à avoir froid alors que la chaleur était déjà étouffante ?

— J'ai fait honte à toute la famille, ajouta-t-elle. J'ai traîné le nom des Balfour dans le scandale… Encore.

Mais personne ne semblait se soucier des conséquences que ce sordide incident avait eues sur elle. Et le sentiment d'abandon total ne cessait de croître en elle.

— Puis-je avoir mon téléphone, juste pour envoyer un texto ? Ou utiliser mon ordinateur ? Il y a *deux semaines* que je n'ai pas vérifié mes emails !

— Je regrette, Bella. Ce n'est pas possible.

— Mais je deviens folle, Atif ! Le sable et le silence me rendent folle.

Elle jetait un nouveau regard désespéré devant elle quand une idée lui traversa la tête. Une idée ingénieuse…

— Parle-moi un peu de la ville que nous avons traversée pour parvenir jusqu'ici, reprit-elle.

— Al-Rafid est un royaume, et non une ville, connu pour ses richesses et sa culture.

— Y trouve-t-on du pétrole ?

Elle s'efforçait de poser ces questions sur un ton aussi détaché que possible, mais ce qu'elle voulait surtout savoir, c'était si elle trouverait *une connexion internet à haut débit* dans ce royaume !

— D'immenses réserves de pétrole, acquiesça-t-il, mais le cheikh actuel est également un grand homme d'affaires. Il a transformé cette ville du désert, très traditionnelle, en centre international des affaires. Les buildings qui longent la rivière sont aussi modernes que ceux de Manhattan ou de Canary Wharf, et distants de quelques rues à peine du cœur de la vieille cité, si caractéristique de l'architecture persane. Le palais Al-Rafid en est le témoignage le plus fascinant, mais il est rarement ouvert au public, car il contient les appartements privés du cheikh et de sa famille.

— Quelle chance il a, soupira-t-elle. Il vit dans une vraie ville… Il doit détester le sable, lui aussi.

— Au contraire. Le cheikh Zafiq adore le désert, mais c'est un homme d'une grande intelligence, qui a fait de très hautes études avant de réussir à faire accepter le monde des affaires à ce pays traditionnaliste. Pour autant, il n'a pas oublié ses racines. Chaque année, pendant une semaine, il part seul dans le désert. Le temps de réfléchir. C'est un homme puissant, certains disent même impitoyable, mais il est également très conscient de ses responsabilités.

« Responsabilités. »

N'était-ce pas le seul mot que son père avait à la bouche, en lui imposant cet exil ?

— Hum. Mais alors, ce cheikh… Il a huit femmes et une centaine d'enfants ?

— Il n'a pas encore pris d'épouse. L'histoire de sa famille est compliquée.

— Je parie que ce n'est rien, à côté de la mienne, murmura-t-elle.

— La mère du cheikh Zafiq était une princesse très aimée, dans le pays. Malheureusement, elle est morte alors qu'il était encore bébé.

— Elle est morte ?

Bella sentit un poignard s'enfoncer dans son cœur. *Comme elle*. Elle aussi avait perdu sa mère alors qu'elle n'était qu'une enfant…

Et elle ressentait soudain le besoin d'en savoir davantage sur ce cheikh « impitoyable » — oubliant même que son objectif initial était de retrouver la civilisation. Etrangement, elle éprouvait une sorte d'affinité avec ce mystérieux personnage. Il était là, quelque part, derrière des montagnes de sable.

Songeait-il parfois à la mère qu'il n'avait pas connue ? Avait-il découvert à son sujet des informations qu'on lui avait tenues secrètes ?

Et se sentait-il aussi perdu, aussi dévasté qu'elle ?

LA DYNASTIE BALFOUR

La famille Balfour

Héritières de la haute société, les filles d'Oscar Balfour sont une véritable institution britannique. Elles ont grandi au cœur de la vie mondaine, et le nom de Balfour est rarement absent des journaux à scandale. Totalement différentes les unes des autres, ses huit filles représentent un véritable défi pour Oscar.

Olivia et Bella

Nées à deux minutes d'intervalle, les filles aînées d'Oscar sont de fausses jumelles aussi opposées que le jour et la nuit. Raisonnable et pratique, Olivia a l'esprit mûr. En revanche, Bella possède un sens inné de la fête. La mort de leur mère, survenue alors qu'elles étaient encore enfants, les a affectées, mais elles montrent leurs émotions de façon totalement différente !

Zoe

C'est la benjamine des filles de la première épouse d'Oscar, Alexandra, morte en lui donnant le jour. Comme sa sœur aînée Bella, Zoe est toujours prête à participer à la dernière manifestation mondaine. Elle est d'une beauté éblouissante, ses yeux verts la distinguent de ses sœurs. Mais, sous sa façade glamour, se dissimule un cœur généreux, et la culpabilité d'avoir causé la mort de sa mère.

Annie

Fille aînée d'Oscar et de Tilly, Annie possède un solide sens des affaires, un cœur doux et une conception réaliste de l'existence. Préférant la compagnie de sa mère, elle est restée à l'écart des paillettes et des fastes de la vie mondaine, et s'est concentrée sur ses études à Oxford.

Sophie

Dans une famille, l'enfant du milieu est généralement le plus calme, et Sophie ne fait pas exception à la règle. Comparée à ses brillantes sœurs, elle a toujours vécu en retrait, et son statut de fille Balfour n'est pas facile à assumer pour elle ! Cependant, en dépit de sa timidité, Sophie possède des dons artistiques et des passions cachées, qu'elle investit dans ses projets de décoration intérieure.

Kat

La plus jeune des filles de Tilly a toujours vécu dans un cocon. Depuis la tragédie qui a coûté la vie à son beau-père, elle a été gâtée par tout le monde pour compenser cette perte. Son comportement capricieux et têtu la pousse à fuir les situations difficiles, et elle est bien déterminée à ne jamais s'engager, dans aucun domaine ni avec personne !

Mia

La dernière arrivée dans la famille Balfour est la fille illégitime d'Oscar, Mia, italo-anglaise. Née après une seule nuit d'amour de sa mère avec le chef du clan Balfour, elle a été élevée en Italie. Travailleuse, modeste, elle possède une beauté toute naturelle. La découverte de sa nouvelle famille a représenté une épreuve pour Mia, terrifiée devant l'aisance mondaine de ses aristocratiques sœurs !

Emily

La plus jeune des filles d'Oscar est l'enfant de son unique et vrai amour : Lillian. Benjamine de la famille, Emily est adorée par ses sœurs, et elle revendique la première place dans le cœur de son père. A la différence de Kat, Emily a gardé les pieds sur terre et est farouchement déterminée à réaliser son rêve de devenir danseuse étoile. Après le choc dû à la mort de sa mère et à l'apparition de Mia, Emily rassemble ses forces et quitte la demeure de son père.

LE PATRIMOINE DES BALFOUR

Les biens immobiliers de la famille Balfour sont considérables, comprenant plusieurs résidences fabuleuses dans les quartiers les plus huppés de Londres, un appartement luxueux dans l'Upper East Side de New York, un chalet à Klosters, ainsi qu'une île privée dans les Caraïbes, toujours très convoitée par les célébrités… Mais Oscar se montre très difficile sur le choix des personnalités dignes de louer son refuge !

Cependant, le siège de la famille reste le Balfour Manor, niché au cœur du Buckinghamshire. Pour les filles d'Oscar, cette propriété est leur vraie maison. C'est le seul endroit synonyme de sécurité pour elles. C'est là que la famille se rassemble pour fêter Noël et, bien sûr, tous ses membres s'y retrouvent chaque année pour le bal de charité. Fréquenté par l'élite de la haute société, cet événement très prisé a lieu dans les merveilleux jardins du manoir.

LETTRE D'OSCAR BALFOUR À SES FILLES

Mes chères filles,

Il aura fallu que surviennent les récents et tragiques événements, pour que je prenne conscience de la négligence dont j'ai été coupable, envers vous toutes.

La devise de notre vieille famille était : « Validus, Superbus quod Fidelis », c'est-à-dire : « Puissant, Fier et Loyal. » En mettant en vigueur les dix principes énoncés ci-dessous, je m'engage à corriger mes fautes. Non seulement je mettrai toutes mes forces pour retrouver ces qualités en moi, mais je prie pour que vous, mes filles, suiviez mon exemple. Durant les prochains mois, je compte sur chacune d'entre vous pour prendre ces règles à cœur, car vous avez toutes besoin d'être guidées dans la vie. Les tâches que je vous confierai et les voyages que je vous enverrai faire n'auront qu'un seul but : vous amener à vous regarder en face, avant de développer votre personnalité et de devenir les femmes fortes que vous êtes destinées à être, au plus profond de vous-mêmes.

Courage, mes chères filles, et n'ayez pas peur des belles découvertes qui vous attendent…

OSCAR

LES RÈGLES DE LA FAMILLE BALFOUR

Ces règles ancestrales se sont transmises dans la famille de génération en génération. Après la révélation du scandale, survenue au cours du centième bal de charité des Balfour, Oscar s'est rendu compte que ses filles manquaient de repères dans leur vie. Lui-même, alors qu'il était jeune et insouciant, s'est éloigné de ces règles. Il décide de les faire revivre, afin qu'elles servent de guide à ses filles, qui en ont dramatiquement besoin.

Règle numéro 1

Dignité. Un Balfour doit s'évertuer à ne jamais jeter le discrédit sur le nom de la famille par une conduite inconvenante, un acte criminel ou une attitude irrespectueuse envers autrui.

Règle numéro 2

Charité. Les Balfour ne doivent pas prendre leur immense fortune comme une garantie. La vraie richesse consiste à savoir donner aux autres. La compassion est le bien le plus précieux.

Règle numéro 3

Loyauté. Se montrer loyal envers les membres de la famille, et les traiter avec respect et bonté en toutes circonstances.

Règle numéro 4

Indépendance. Les membres de la famille Balfour doivent s'efforcer de mener à bien leur développement personnel, sans compter sur le nom de la famille pour les aider à avancer dans la vie.

Règle numéro 5

Courage. Un Balfour ne doit avoir peur de rien. Affronter ses peurs avec courage permet d'avancer dans la découverte de soi-même.

Règle numéro 6

Engagement. Celui qui fuit une fois fuira toujours.

Règle numéro 7

Intégrité. Ne pas avoir peur d'adhérer à ses principes et d'avoir confiance en ses propres convictions.

Règle numéro 8

Humilité. Il y a une grande force à reconnaître ses faiblesses et à les surmonter. Ne jamais rejeter le point de vue d'autrui, sous prétexte que celui-ci est différent. Un vrai Balfour sait aussi bien accepter les conseils qu'en donner.

Règle numéro 9

Sagesse. Ne jamais juger d'après les apparences. La vraie beauté se cache sous la surface des choses. L'honnêteté et l'intégrité valent beaucoup plus que le charme superficiel.

Règle numéro 10

Le nom des Balfour. Appartenir à notre famille n'est pas seulement un privilège de naissance. Ses membres doivent se soutenir mutuellement, et porter leur nom avec fierté. Nier l'héritage des Balfour reviendrait à se nier soi-même.

collection Azur

Ne manquez pas, dès le 1er septembre

UNE UNION SOUS CONDITION, *Maisey Yates* • *N°3155*

En prenant connaissance des dernières volontés de son père, Elaine a l'impression que le sol se dérobe sous ses pieds. Car non seulement elle va devoir diriger l'entreprise familiale en collaboration avec Marco De Luca, un homme d'affaires cynique et sûr de lui, mais aussi épouser celui-ci !

TROUBLANTES APPARENCES, *Lindsay Armstrong* • *N°3156*

Lorsqu'elle fait la connaissance du célèbre milliardaire Brett Wyndham à une soirée de bienfaisance, Holly est tout de suite agacée par cet homme arrogant, visiblement persuadé qu'elle n'est qu'une mondaine écervelée. Mais n'est-ce pas tout de même l'occasion inespérée d'obtenir de lui une interview exclusive ?

UNE ÉPOUSE POUR LORENZO SANTANGELI, *Sara Craven* • *N°3157*

Epouser Lorenzo Santangeli, un homme qu'elle connaît à peine et pour lequel elle n'éprouve que du mépris ? A cette idée, Marisa sent la colère et la révolte l'envahir. Avant de comprendre que si elle refuse cette union de convenance, c'est toute sa famille qui en paiera le prix…

UN TÉNÉBREUX ITALIEN, *Kate Hewitt* • *N°3158*

Convaincue qu'aucun homme ne s'intéressera jamais à elle, Anamaria a décidé de se consacrer entièrement à ses vignobles. Aussi se prend-elle à rêver lorsque le beau Vittorio Ralfino, de retour en Vénétie après des années d'absence, lui propose de l'épouser. Bien sûr, il ne s'agit aux yeux de Vittorio que d'une alliance d'intérêt, mais ne peut-elle espérer qu'un jour, peut-être, il s'intéressera *vraiment* à elle ?

POUR L'AMOUR DE LILY, *Anne McAllister* • *N°3159*

Lorsque George Savas lui propose de l'épouser et de venir vivre en Grèce pour y mettre au monde le bébé qu'elle attend, et qu'il considère comme l'héritier des Savas, Sophy a un moment d'hésitation. Mais, seule et sans ressources, a-t-elle le droit de refuser cette chance d'élever décemment son enfant ?

SON PLUS PRÉCIEUX SECRET, *Miranda Lee* • *N°3160*

En apprenant que Nicolas Dupré, le célèbre pianiste, sera bientôt à Rocky Creek, Serina sent son cœur s'affoler. Car treize ans ont passé depuis que Nicolas a quitté l'Australie, treize ans pendant lesquels elle lui a caché son plus précieux secret…

UN TROP SÉDUISANT MILLIARDAIRE, *Natalie Anderson* • *N°3161*

Quand elle se retrouve face à Lorenzo Hall, son nouveau patron, Sophie Braithwaite se sent soudain au bord de la panique : n'a-t-elle pas fait une énorme erreur en acceptant ce poste ? Car si elle cède au désir intense qu'elle ressent pour ce milliardaire bien trop séduisant, ne risque-t-elle pas de compromettre son travail et de décevoir, de nouveau, sa famille ?

LA PRISONNIÈRE AMOUREUSE, *Kim Lawrence* • *N°3162*

Les Princes du désert

Vient-elle vraiment d'être kidnappée ? se demande Molly, stupéfaite. Hélas, le visage sévère du cheikh Tair Al Sharif ne lui laisse aucun espoir. Parce qu'il semble persuadé qu'elle met en péril le mariage de son cousin, ce prince arrogant n'a rien trouvé de mieux que de la faire monter de force dans un jet privé, et de l'emmener en plein désert !

ENCEINTE DE NICOLO ORSINI, *Sandra Marton* • *N°3163*

- La saga des Orsini - 4ème PARTIE

Alessia est furieuse en apprenant l'arrivée d'un nouvel investisseur dans l'affaire familiale. Mais lorsqu'elle rencontre Nicolo Orsini , elle est immédiatement séduite par le charme ténébreux du beau Sicilien. Et, bientôt, elle abdique toute volonté entre ses bras, tout en sachant qu'il n'a rien d'autre à lui offrir qu'une courte liaison…

LA PROMESSE DU CHEIKH, *Sarah Morgan* • *N°3164*

- L'héritage des Balfour - 7ème PARTIE

Bella ne décolère pas. Comment son père a-t-il pu l'envoyer dans un centre de méditation en plein désert, et espérer qu'elle s'y sentirait bien ? Décidée à quitter ce lieu sinistre et à gagner la ville pour y retrouver le monde civilisé, Bella s'égare dans le désert. Et ne doit la vie sauve qu'à un cheikh beau comme un dieu, mais furieux de devoir s'occuper d'elle…

Attention, numérotation des livres pour le Canada différente : numéros 1679 à 1684

Best-Sellers n°470 • suspense

Ombres sur Black Falls - Carla Neggers

Hannah Shay est enfin parvenue à montrer aux habitants de Black Falls, le petit village de montagne où elle est née, ce dont elle est capable : le café qu'elle y a ouvert est un succès et elle va bientôt devenir magistrate. Mais quand son établissement se retrouve au cœur d'une enquête sur une série de crimes violents perpétrés dans le domaine montagneux des Cameron, Hannah est pétrifiée d'angoisse. D'autant plus que Bowie, son ami d'enfance est soupçonné par la police d'être mêlé à ce cauchemar… Hannah refuse d'y croire, et les soupçons de Sean Cameron, revenu à Black Falls pour tenter de démasquer l'assassin de son propre père, l'une des victimes, n'y changeront rien. Sean… Un homme intrépide qu'adolescente, elle aimait en secret, et qui tente aujourd'hui de la convaincre de participer à ses recherches. Que faire ? Car tout comme Sean, Hannah sent que le tueur va bientôt frapper… et il pourrait bien se trouver plus près d'eux qu'ils ne le pensent.

Best-Sellers n°471 • suspense

Face au danger - Brenda Novak

Traumatisée par la violente agression dont elle a été victime trois ans auparavant, Skye Kellerman a mis du temps à surmonter ses angoisses. Ce n'est que depuis peu qu'elle reconstruit son existence autour de l'association d'aide aux victimes qu'elle a créée en Californie avec deux amies. Mais quand elle apprend que son agresseur, Olivier Burke, est sur le point d'être libéré pour bonne conduite, bien avant la fin de sa peine, toutes ses peurs ressurgissent brutalement : comment oublier que c'est son propre témoignage qui a permis d'envoyer cet homme derrière les barreaux ? Lui n'a certainement pas oublié qu'il a tout perdu par sa faute. Le temps presse et Skye n'a qu'une solution : faire ce qu'il faut pour que Burke ne sorte pas de prison, en commençant par prouver son implication dans trois affaires de meurtres survenues à l'époque de son agression, et qui n'ont jamais été résolues... Heureusement, elle peut compter sur l'aide et le soutien inconditionnel de l'inspecteur David Willis, qui est venu la trouver. Car lui aussi en est convaincu : Burke n'en restera pas là.

Best-Sellers n°472 • thriller

La proie du silence - Karen Rose

L'incendie criminel de Minneapolis dans lequel Tracey, une adolescente atteinte de surdité, a trouvé la mort en pleine nuit, est un véritable choc. Ecœurée par le sort de cette toute jeune fille que son handicap a sans doute empêché de fuir suffisamment tôt, l'inspectrice Olivia Sutherland se sent prête à tout pour retrouver les coupables. D'autant plus que ses recherches l'orientent rapidement vers d'autres agissements sinistres : ceux d'un maître chanteur qui n'hésite pas à tuer les proies qui lui résistent. Perturbée par son enquête, Olivia l'est encore plus quand elle doit interroger David Hunter, le pompier qui a risqué sa vie lors de l'incendie pour tenter de sauver Tracey. David, un homme secret et mystérieux qu'elle a aimé autrefois, et qui lui a brisé le cœur. Elle accepte pourtant l'aide qu'il lui propose pour mettre la main sur ce criminel cynique et calculateur. Un criminel toujours proche mais jamais visible – et qui sème la mort sur son passage.

Best-Sellers n°473 • roman

Le printemps des rêves - Debbie Macomber

Séparée de son mari depuis peu, Rosie a bien du mal à prendre un nouveau départ. Non seulement Zach revendique la garde de ses enfants, mais les deux adolescents tumultueux lui mènent la vie dure. Heureusement, son métier d'institutrice la passionne et elle peut compter sur l'aide et la compréhension de son entourage. D'autant qu'elle n'est pas la seule à traverser une période de doute et de remise en question : Grace, qui habite non loin de là, essaye elle aussi de prendre un nouveau départ, même si elle a encore du mal à s'y retrouver dans sa vie sentimentale depuis la disparition brutale de son mari. Elle-même sait pouvoir compter sur sa meilleure amie Olivia, qui semble vouloir donner une nouvelle chance à sa relation avec Jack. Ainsi que sur sa fille aînée Maryellen qui, après des relations houleuses avec Jon, vient de mettre au monde une merveilleuse petite Katie. Bref, c'est tout un univers chaleureux qui aide Rosie à prendre en main son avenir et celui de ses enfants. Un univers où les gens finissent toujours par se retrouver car, à Cedar Cove, on n'est jamais très loin les uns des autres…

Best-Sellers n°474 • paranormal

Le papillon des ténèbres - Gena Showalter

Gideon, ténébreux guerrier mi-ange mi-démon, possède le pouvoir de détecter le mensonge et la tromperie. Pourtant, quand l'immortelle Scarlet se présente à lui, couronnée de sa chevelure d'ébène, il perd tous ses moyens. Envouté par son parfum d'orchidée, captivé par tant de beauté, il écoute son incroyable histoire, incapable de savoir si elle lui dit la vérité. Mais comment la croire quand elle lui affirme qu'elle a un jour été sa femme alors qu'il n'a aucun souvenir d'elle ? Et surtout, comment la protéger sans mettre en danger ses compagnons et sans se détourner de sa propre quête, celle qu'il poursuit comme prince des seigneurs de l'ombre ? Une force irrésistible le pousse néanmoins à vouloir connaître la vérité et comprendre ce qui l'attire en elle. Car bien au-delà du désir, Gideon sent qu'un lien très particulier l'unit à Scarlet. Un lien qui, s'il le découvrait, pourrait détruire celle qu'il commence à aimer…

Best-Sellers n°475 • thriller

Piège de neige - Lisa Jackson

Prisonnière du criminel pervers qu'elle traque depuis des semaines dans l'hiver glacial du Montana, l'inspecteur Regan Pescoli n'a plus qu'une obsession : s'échapper coûte que coûte. Aussi essaie-t-elle, dans le cachot obscur et froid où elle est enfermée, de dominer la terreur grandissante qui menace de la paralyser. Car ce n'est pas seulement sa vie qui est en jeu, mais également celle d'autres captives, piégées comme elles et promises à la mort.

Pour les sauver, autant que pour retrouver ses enfants et Nate Santana, l'homme qu'elle aime, Regan est déterminée à découvrir le point faible du tueur. Pour cela, il lui faudra aller au bout de son courage, de sa résistance physique… Et vaincre définitivement ce maniaque, avant qu'il ne soit trop tard.

Best-Sellers n°476 • historique

Lady Secret - Nicola Cornick

Angleterre, Yorkshire, 1805.

A la seconde où elle est entrée dans la somptueuse salle de bal de Cole Court, Marina a senti son regard posé sur elle. Le regard d'un homme sûr de lui, déterminé à percer ses secrets. Et, dès qu'il s'est avancé, elle a su que cet homme sombre et arrogant était le mystérieux inconnu de Londres. Celui qu'elle a embrassé dans la taverne, quelques mois plus tôt. Un baiser enivrant dont le seul souvenir suffit à faire naître en elle un délicieux frisson.

Pourquoi est-il ici ? A-t-il découvert sa véritable identité ? Les questions fusent dans l'esprit de Marina tandis que l'inconnu approche, un sourire prédateur aux lèvres. Car si cet homme venait à découvrir les raisons de son séjour à Londres, il ne tarderait pas à déchirer le voile de mensonges derrière lequel elle se cache depuis des années…

Best-Sellers n°477 • roman

L'été des secrets - Susan Wiggs

Quand elle aperçoit les premiers rayons du soleil scintiller sur le lac des Saules, Claire Turner, une jeune infirmière, est envahie par un sentiment de bien-être presque irréel. Venue pour prendre soin de George Bellamy, un vieux monsieur qu'elle adore, elle ne s'attendait pas un instant à se retrouver, le temps d'un été, dans ce cadre enchanteur. Malgré tout, sa mission s'avère délicate. Elle a en effet promis à George de l'aider à réaliser son rêve de toujours : se réconcilier avec son frère sur les lieux de leur enfance, là où, cinquante ans plus tôt, s'est joué le drame qui les a conduits à se perdre de vue. Heureusement pour Claire, Ross Bellamy, le petit-fils de George, semble prêt à tout pour aider son grand-père à réaliser ses souhaits les plus chers. Ross qui hante ses rêves depuis le jour de leur rencontre. Même si, hélas, elle sait que de terribles obstacles liés aux secrets de son passé se dresseront, quoiqu'il arrive, entre elle et lui.

Composé et édité par les
éditions Harlequin
Achevé d'imprimer en juillet 2011

BRODARD & TAUPIN

La Flèche
Dépôt légal : août 2011
N° d'imprimeur : 63879

Imprimé en France